बयाबाँ

बयाबाँ

समय-समाज के निर्मम 'अरण्य' का आख्यान

राजेन्द्र लहरिया

वाणी प्रकाशन

प्रकाशन के उत्कृष्टतम 61 वर्ष

vaniprakashan.com

सजिल्द पहला संस्करण : 2024

वाणी प्रकाशन

4695, 21-ए, दरियागंज, नयी दिल्ली-110 002

फ़ोन : +91 11 23273167, 23275710

शाखाएँ

अशोक राजपथ, पटना-800 004, बिहार

कॉफ़ी हाउस कैम्पस, महात्मा गांधी मार्ग, प्रयागराज-211 001, उत्तर प्रदेश

महात्मा गांधी अन्तरराष्ट्रीय हिन्दी विश्वविद्यालय, वर्धा-442 001, महाराष्ट्र

36/ए, शेक्सपियर सरणी, रानी बिरला गर्ल्स कॉलेज के पास, कोलकाता-700 017, प. बंगाल

sales@vaniprakashan.in
vaniprakashan@gmail.com

Bayaban
by Rajendra Lahariya

ISBN : 978-93-5775-790-4
Novel

मूल्य : ₹ 299

जी.एस. ऑफ़सेट, दिल्ली-110 095 में मुद्रित

वाणी प्रकाशन का लोगो मक़बूल फ़िदा हुसेन की कूची से

उस बहुमुख समय को
जिसका एक चेहरा
इस कथा में दर्ज है...

<u>भाग : एक</u>

टूट

जिस घर के बारे में मुझे बताया गया था, उस घर के सामने जब मैं पहुँचा, तब पहली ही निगाह में वहाँ का माहौल देखकर इस आशंका के क़रीब था कि मामला कुछ अनोखा और संगीन क़िस्म का है!...

वह घर शहर के एक ऐसे इलाक़े में था, जहाँ घरों के बीच भी दूरियाँ थीं। तो वह घर बिना पड़ोस का था; और देखने में ख़ूबसूरत और ठीक-ठाक था। घर के बाहरी हिस्से की रँगाई-पुताई देखकर लगता था कि वह कई साल पहले किसी सधे हाथ वाले पेंटर ने की होगी, जो अब जगह-जगह से उखड़ी हुई दिखाई दे रही थी। घर के दरवाज़े और खिड़कियों पर मोटे-मोटे जाले लटकते नज़र आ रहे थे; और दरवाज़े की बायीं तरफ़ पुराने मॉडल का एक 'बजाज चेतक' स्कूटर ज़ंजीर से बँधा हुआ रखा था, जिस पर धूल की इतनी मोटी परत जमी हुई थी कि स्कूटर का रंग उसके नीचे छिप गया था। घर के दरवाज़े के ठीक बग़ल में दीवार पर कील के सहारे काले रंग की एक तख़्ती लटकी हुई थी जिस पर सफ़ेद पेंट से लिखा हुआ था, 'कृपया फ़ोन पर समय लेने के बाद ही मुलाक़ात के लिए आयें।' अलबत्ता तख़्ती पर लिखी हुई इबारत, एक-दूसरे को काटती दो रेखाओं के द्वारा कटी हुई थी। लगता था कि तख़्ती पर लिखी उस इबारत को काटने का काम बाद में किया गया था–सम्भवत: ऊहापोह की स्थिति में। हालाँकि इतना तो स्पष्ट था कि तख़्ती पर लिखी इबारत को काट देने भर से वह इबारत निरस्त नहीं हो गयी थी; और उसे काट देना निरस्त कर देने के मक़सद से लगता भी नहीं था; क्योंकि निरस्त करना होता, तो उस इबारत को काटने के बजाय तख़्ती को ही कील से हटाया जा सकता था!...पर बहरहाल, तख़्ती कील पर टँगी हुई थी!...घर के बाहर-भीतर आवाज़ या आहट तक न थी...

यह दरयाफ़्त करने के बाद मैंने अपने साथ मौजूद फ़ोटो-जर्नलिस्ट की तरफ़ देखा था। उसने मेरी तरफ़ देखा था।

...दरअसल मुझ तक यह सूचना पहुँची थी कि शहर के एक इलाक़े के एक घर में रहने वाला एक आदमी लम्बे अरसे से घर से बाहर नहीं निकला है; बीते कुछ बरसों के दरमियान किसी ने भी उसे अपनी आँखों से घर से बाहर नहीं देखा है; अलबत्ता इतना तय है कि वह आदमी जीवित है और उस घर के भीतर रहता है!

इसकी तस्दीक़ इससे होती है कि रोज़ाना एक व्यक्ति उस आदमी के खाने-पीने का सामान ले कर आता है; तब घर का दरवाज़ा महज़ इतना खुलता है कि उसकी झिरी से होकर बाहर वाले के हाथ सामान को भीतर कर सकें और भीतर वाले के हाथ उस सामान को लेकर उसकी क़ीमत बाहर वाले को चुका सकें। ऐसा रोज़ होता है। और रोज़ की इस प्रक्रिया के बाद घर का दरवाज़ा बन्द हो जाता है। पर रोज़ाना खाने-पीने का सामान लाने वाले व्यक्ति ने भी घर के भीतर रहने वाले आदमी का चेहरा कभी अपने सामने नहीं देखा है!...यह सूचना मेरे लिए कोई आम या घिसी-पिटी सूचना नहीं थी; बल्कि कुछ सवाल पैदा करने वाली एक महत्त्वपूर्ण सूचना थी! तो एक ख़बरनवीस होने के नाते मैं अपने फ़ोटो-जर्नलिस्ट साथी को लेकर उस घर पर पहुँचा था।

पहुँचने के बाद मेरे फ़ोटो-जर्नलिस्ट साथी ने उस घर की बाहरी स्थितियों-उपस्थितियों को अपने कैमरे में ले लिया था। उसके बाद जो करना था, मुझे करना था। तो मैंने घर के दरवाज़े पर एक हल्की-सी दस्तक दी थी। पर भीतर से कोई आवाज़-आहट नहीं हुई। मैंने फिर दस्तक दी—पहले की बनिस्बत थोड़ा ज़ोर से। फिर भी भीतर से कोई प्रतिक्रिया नहीं हुई। तो मैंने रुक-रुककर कई दस्तकें दीं। क़रीबन बीस-पच्चीस दस्तकों के बाद भीतर से एक दबी हुई मगर साफ़ आवाज़ सुनाई दी, "कौन है? जो लगातार डिस्टर्ब कर रहा है!"

"सर, आपसे कुछ काम है!" बाहर से मैंने जवाब में कहा था।

"क्या काम है?" भीतर से पूछा गया।

"आपसे मिलना है सर!"

"मैं किसी से मिलता नहीं हूँ!" भीतर से दो टूक कहा गया।

"सर, आपसे कुछ जानकारी लेनी है..."

"कैसी जानकारी?"

"सर, आपके ही बारे में..."

"क्यों?"

उस 'क्यों' का कुछ पलों तक मुझे कोई सटीक जवाब नहीं सूझा, तो उन पलों की चुप्पी के बाद, मैंने कहा, "सर मैं एक रिपोर्टर हूँ!"

"तो...मुझसे क्या चाहते हो?"

"आपसे बातचीत करना चाहता हूँ..."

"बातचीत?...किस बारे में?"

"आपके ही बारे में..."

"पर मैं तो अब किसी से मिलता नहीं!" भीतर से जवाब आया—कुछ-कुछ थका हुआ-सा।

"सर...प्लीज!...आप भरोसा करिए मुझ पर...मेरी मंशा बिल्कुल साफ़ है... मैं चाहता हूँ कि आपके भीतर की बात दूसरे लोगों तक भी पहुँचे!...मैंने सुना है कि आप कई सालों से इस घर से बाहर नहीं निकले हैं!...कोई तो वजह होगी इसकी? कोई तो तकलीफ़ होगी, इसका कारण?...मैं चाहता हूँ कि आप अपनी तकलीफ़ पूरी दुनिया के साथ साझा करें..."

"मगर...मैंने आपको बताया न, मैं किसी से मिलता नहीं!" भीतर से कहा गया।

"कोई बात नहीं सर! आप मुझसे मिलिए मत!" मैंने कहा था, "आप ऐसा कीजिए...एक कुर्सी डालकर आप बन्द दरवाज़े के भीतर ही बैठ जाइए...मैं दरवाज़े के बाहर ही रहूँगा; और अपने रिकॉर्डर की कॉड किवाड़ के नीचे से भीतर पहुँचा दूँगा...आप उस रिकॉर्डर की कॉड के सिरे पर लगा छोटे आकार का रिसीवर अपने हाथ में लेकर अपने मुँह के पास बनाये रखिए...उसके द्वारा आपकी बातें रिकॉर्ड होती रहेंगी...

"आपके पास कितना वक़्त है मेरी बात सुनने के लिए?" भीतर से पूछा गया।

"पूरा!...जितना भी आप लेना चाहें, उतना!" मैंने उन्हें आश्वस्त किया।

उसके बाद भीतर से कुछ नहीं कहा गया; तो उस मौन को उनकी स्वीकृति मान कर मैंने रिकॉर्डर का रिसीवर किवाड़ के नीचे से भीतर को खिसका दिया।

थोड़ी देर में रिसीवर-कॉड भीतर से खींच लिया गया था। उसके कुछ देर बाद भीतर से आवाज़ आयी, "पूछिए, क्या पूछना है आपको?"

सुनकर मैंने बाहर से पूछा था, "सर, आपकी आवाज़ सुनकर ऐसा नहीं लगता कि आपकी उम्र बहुत ज़्यादा होगी...बहुत साफ़ आवाज़ है आपकी...एज़ क्या होगी सर, अभी आपकी?"

"एज़ मायने नहीं रखती।" भीतर से तुरन्त जवाब आया, "रही बात आवाज़ की; तो जो लोग साफ़गोई यानी सच बोलना पसन्द करते हैं, उनकी आवाज़ साफ़ ही होती है!"

"ओके सर...अब आप अपनी बात कहिए...जिस भी तरह से, जिस भी जगह से आप शुरू करना चाहें...अपने-आपको खोलकर रख दीजिए..."

कुछ देर तक भीतर चुप्पी छायी रही। उसके बाद कहा गया, "सबसे पहले तो यह जान लीजिए कि मैं हूँ कौन?..जानना चाहेंगे ना...?"

"जी, बिल्कुल!" मैंने कहा था।

उसके बाद भीतर से कहा गया, "तो सुनिए.. मैं वह हूँ जो इस घर में पैदा नहीं हुआ था, जिसके दरवाज़े के पीछे बैठा हूँ...मैं तो उस जगह पैदा हुआ था, जिसकी ज़मीन मिट्टी की थी; और जिस घर में मेरा जन्म हुआ था, वह भी मिट्टी का ही बना

हुआ था—एक किसान का घर!.. तो मेरा अतीत वह है जिसमें मैं एक ऐसा बच्चा था जो गाँव की धूल भरी गलियों में नंगे पैर घूमता था! जिस प्रकार गाँव के पास अपनी गलियों की धूल को ढँकने का कोई साधन नहीं था, उसी तरह मेरे पास अपने पैरों को धूल से बचाने के लिए जूते नहीं थे!..मुझे तो जब पढ़ने के लिए गाँव के प्राइमरी स्कूल में दाख़िल कराने के लिए ले जाया गया था, तब भी मेरे पैर नंगे ही थे! मैं एक साधारण किसान का बेटा जो था! मेरे किसान पिता उस समय दुनिया में नहीं थे—वे मेरे स्कूल में दाख़िला लेने के लगभग साल भर पहले गुज़र गये थे। इसलिए तब मेरी माँ ही मेरा पिता भी थीं! और घर-गृहस्थी-खेती के कामों की ज़िम्मेदार भी!...तो मैं अपने बचपन में ही पिता के न रहने से कुछ अंश में यतीम था! हालाँकि मेरी माँ वह ज़िम्मेदारी पूरी कर रही थीं। और छोटी उम्र के बावजूद मैं भी अपनी ज़िम्मेदारी पूरी करता रहता था—मैं स्कूल में पढ़ने भी जाता और अपनी माँ की खेती-किसानी की ज़िम्मेदारी में हाथ भी बँटाता था...घर में दो बैल थे, एक भैंस थी, एक गाय थी, एक पड़िया थी, एक बछड़ा था...सवेरे उठकर मैं उन सभी जानवरों का गोबर साफ़ करता था; गाय और भैंस का दूध दुहने में माँ का सहायक बनता; फिर सभी जानवरों के सानी-पानी में माँ की मदद करता था...उसके बाद पढ़ने के लिए स्कूल जाता था...स्कूल जाना मुझे अच्छा लगता था! क्योंकि पढ़ना मुझे पसन्द था!...पढ़ना मुझे इस हद तक पसन्द था कि मैं अपने सामने आ गया कुछ भी पढ़ डालता था—कक्षा की किताबों में छपे पाठ से लेकर गली में पड़े मिल गये किसी काग़ज़ या अख़बार के टुकड़े तक को मैं पूरा पढ़ डालता था! स्कूल के मास्टर जी मुझसे ख़ुश रहते थे; क्योंकि मैं पाठ फटाफट पढ़ देता था, गिनती-पहाड़े बेअटके सुना देता था, दिया गया होमवर्क समय पर पूरा करता था और तिमाही-छमाही-सालाना इम्तिहानों में अपनी कक्षा में अव्वल नम्बर से पास होता था...मास्टरजी का सबसे प्रिय छात्र था मैं... उन्हें यह मालूम था कि मैं प्राइमरी स्कूल में पढ़ने के बावजूद छठी कक्षा की अँग्रेज़ी की किताब पढ़ लेता हूँ...उन्हें इस बाबत जब भी मेरी परीक्षा लेनी होती, तब किसी मुश्किल शब्द के बारे में मुझसे पूछते...जैसे कि मुझे अभी तक याद है। एक बार उन्होंने मुझसे पूछा था, 'क्वैश्चन की स्पेलिंग क्या होती है, बताओ!'

मैंने खड़े होकर तुरन्त कहा था, 'क्वैश्चन की स्पेलिंग होती है—क्यू यू ई एस टी आई ओ एन!'

'शाबाश!' मास्टरजी ने अपने तकिया-कलाम से नवाजा था मुझे, 'शाबाश, अब बताओ, पन्द्रह अगस्त को तुम कौन-सी कविता सुनाओगे?'

'हरा-भरा वीरों से हर दम...' मैंने कहा था।

'याद है तुम्हें पूरी कविता?' उन्होंने पूछा था।

'हाँ, माट्साब!'

'तो सुनाओ खड़े होकर!'

मैं खड़ा हो गया था और मैंने बिना अटके सुर-बेसुर तरन्नुम में सुना दी थी पूरी कविता।

और मास्टर जी ने मेरा नाम कविता-पाठ के लिए कॉपी में दर्ज कर लिया था।

पन्द्रह अगस्त का दिन सचमुच त्योहार होता था उस समय–मेरे लिए। उस उम्र में, एक रटी हुई अवधारणा के अलावा और कोई अर्थ नहीं मालूम था 'पन्द्रह अगस्त' का कि 'पन्द्रह अगस्त हमारा राष्ट्रीय पर्व है'–सन् 1947 की इसी तारीख़ को हमारा देश स्वतन्त्र हुआ था। पर उस समय क़तई मालूम न था कि स्वतन्त्र होना क्या होता है! बस, पाठ्यपुस्तकों में पढ़ा था कि देश की स्वतन्त्रता के लिए हमारे नेताओं ने बड़ी कुर्बानियाँ दी थीं! उन नेताओं में से नेहरूजी, गांधीजी और सुभाषचन्द्र बोस को तस्वीरों में भी देखा था मैंने।

...पन्द्रह अगस्त के लिए नयी पोशाक सिलवायी थी मैंने। कुर्ता, पाजामा और टोपी–खादी के! असली खादी की समझ कहाँ थी तब। हैंडलूम के सफ़ेद कपड़े के कुर्ता, पाजामा और टोपी सिलकर तैयार किये थे गाँव के टेलर मास्टर ने। टेलर मास्टर ख़ुद भी हरेक पन्द्रह अगस्त को स्कूल में जाते थे और अपनी पैनी-सुरीली आवाज़ में कोई-न-कोई देशभक्ति का भजन गाते थे, यानी उन्हें पन्द्रह अगस्त का कुछ महत्त्व मालूम था। उन्होंने टोपी ख़ास ऐहतियात के साथ सिर का नाप लेकर तैयार की थी और कुर्ता-पाजामा भी नेताओं जैसे फिट-फाट!

उस छोटी उम्र में हैंडलूम के कुर्ता-पाजामा पहन और सिर पर टोपी लगाकर पता नहीं मैं कैसा लगा था और मुझे देखकर लोगों ने क्या सोचा था; पर स्कूल के तमाम विद्यार्थियों के बीच मैं ख़ुद को अलग पा रहा था। मुझे पूरा अहसास था कि मैं सबसे अलग कुर्ता-पाजामा और टोपी की वह पोशाक पहने हुए हूँ, जो देश के महान-बलिदानी नेता पहनते हैं।

मुझे वह पोशाक पहने देखकर उस दिन अम्माँ भी ख़ुश हुई थीं। पता नहीं उन्हें उस पोशाक का अर्थ मालूम था या नहीं पर वह ख़ुश हुई थीं...

तो इस तरह से मैं उन दिनों स्कूली पढ़ाई भी करता था और खेती-किसानी के कामों में हलवाहे की मदद भी!...फ़सल कटाई के दिनों में अम्माँ के साथ खेतों में सिला बीनने जाता था...सिला बीनना क्या होता है, जानते हैं आप?"

"जी नहीं, बताइए प्लीज़!"

जवाब में भीतर से कहा गया, "उस समय खेतों में खड़ी फ़सलों को मज़दूरों द्वारा हँसिया से काटा जाता था...अब तो फ़सल–कटाई भी मशीन से होने लगी है; हालाँकि कुछ काम आज भी मज़दूर करते हैं..पर उस समय तो मज़दूरों के हाथों से ही फ़सल-कटाई होती थी...तो फ़सल कटाई के समय गेहूँ-चने की जो बालें-घेंटीं टूटकर खेत में गिर जाती थीं; खेत में पड़ी रह गयी उन बालों-घेंटियों को, फ़सल-कटाई के बाद ख़ाली हो गये खेत में से उठाने-बीनने का काम सिला बीनना कहा जाता था... तो मैं अपनी माँ के साथ खेतों में सिला बीनने जाता था...कई घण्टों तक बीनने के बाद जो बालें और घेंटियाँ इकट्ठी होती थीं, उन्हें घर लाकर कूटा जाता था। कूटने के बाद सूप से फटककर जो अनाज निकलता था, वह दो-तीन सेर के लगभग होता था...पर उस मेहनत से जुटाये अनाज को पाकर मुझे अनोखी ख़ुशी होती थी–मेहनत के प्रतिफल के मिलने की ख़ुशी!...

तो यह था कि जैसे-जैसे मेरी उम्र बढ़ रही थी, मेहनत भी बड़ी होती जा रही थी!...

ग्यारह साल की उम्र में मैंने प्राइमरी स्कूल पास किया था। उसके बाद की पढ़ाई के लिए गाँव में स्कूल नहीं था। पर मैं आगे पढ़ना चाहता था। मेरी माँ भी चाहती थी कि मैं आगे की पढ़ाई करूँ! तो आगे की पढ़ाई के लिए मैंने अपने गाँव से दो मील दूर के एक क़स्बे के मिडिल स्कूल में एडमीशन लिया...वहाँ पढ़ने के लिए मैं पैदल ही स्कूल जाता था...मेरे साथ ही गाँव के कुछ और बच्चे भी उस मिडिल स्कूल में पढ़ने जाते थे...चौदह साल का होने तक मैंने आठवीं कक्षा पास कर ली थी...

मैं तो उसके आगे की पढ़ाई भी करना चाहता था। परन्तु आगे की पढ़ाई के लिए स्कूल शहर में ही था। शहर मेरे गाँव से ग्यारह मील दूर था। तो रोज़ाना ग्यारह मील पैदल चल शहर के स्कूल जाना और उतने ही मील चल कर वापस गाँव आना सम्भव नहीं था। इसलिए मैंने आगे हायर सेकेंडरी तक की परीक्षाएँ प्राइवेट स्टूडेंट के रूप में पास कीं।

उसके बाद मेरी पढ़ाई बन्द हो गयी; और मैं पूरी तरह से खेती-किसानी का हो गया था...

क्या आप यह कल्पना कर सकते हैं कि अभी जिस घर के सामने आप मौजूद हैं, उसके दरवाज़े के पीछे बैठे आदमी ने कभी खेतों में हल-बखर चलाये होंगे; बैलों को नह कर बैलगाड़ी हाँकी होगी और हँसिया लेकर खेतों में खड़ी गेहूँ -चने की फ़सल की कटाई की होगी!...

...कितनी मेहनत के काम थे वे! आपने यदि सन् सत्तर-अस्सी के आसपास की खेती-किसानी के कामों को नहीं देखा होगा, तो आप नहीं समझ सकते कि वे

काम कैसी पसीनाबहाऊ मेहनत के होते थे!...पर मेरी आँखों में अक्सर उन कामों के दृश्य आकार लेते रहते हैं...जैसे कि फ़सल-कटाई का दृश्य...चैत महीने के बड़े-बड़े और लम्बे दिन! गर्मी और लू-लपटों से झुलसाते-तपाते हुए दिन! खेतों में पकी खड़ी गेहूँ-चने की सम्मिलित फ़सल...और मजूरों के साथ उस फ़सल को हँसिया लेकर काटता मैं...फ़सल को काटते तमाम हँसिये!...खेत की एक मेंड़ से दूसरी मेंड़ तक फ़सल को काटते हुए पहुँचना यानी एक 'माँग काटना'; और दूसरी मेंड़ से लौटते फ़सल काटते हुए वापस पहली मेंड़ तक पहुँचना यानी 'लौटा काटना'! एक कटइया तीन कूँड़ों की फ़सल काटता हुआ चलता था...माँग काटने के बाद लौटा काटकर पूरा करने पर ही पानी पी सकते थे! उससे पहले नहीं! बीच में यदि प्यास लगने लगे तो लगती रहे! पानी पीने नहीं जा सकते! पानी तो वहीं वापस पहुँच कर पीने को मिलता, जहाँ से माँग काटना शुरू किया था!...मैं बढ़ता जाता था तीन कूँड़ों में खड़े गेहूँ-चने के पके पौधों को काटता हुआ! अन्य मजूर भी बढ़ते जाते थे अपने-अपने सामने के कूँड़ों को काटते हुए! आसमान से गोया आग बरस रही होती! चैत-बैसाख की घाम! झुलसते शरीर! प्यास से सूखते गले! पसीने से तर-ब-तर होते शरीर! हाथों-पैरों-मुँह पर चिपक जाती थी फ़सल कटाई से निकली धूल!...साफी बँधी होती थी मेरे सिर पर! सभी कटइया बाँधे रहते थे साफी अपने-अपने सिर पर। इसलिए कि सर के ऊपर बँधी साफियाँ कुछ बचाव करती थीं सिर का घाम से! फिर भी गर्मी, घाम और उमस से कुम्हला जाते थे चेहरे!...परन्तु चलते रहते थे कूँड़ों पर!...इन्तज़ार होता था लौटा काटकर वापस मेंड़ पर पहुँचने का!...लौटा काटकर लगभग एक साथ मेंड़ पर पहुँचते प्यासे और पसीने में नहाये शरीर! मेंड़ पर पहुँचने के बाद, पिया गया पानी कितना स्वाद भरा लगता था! राहत मिल जाती थी थोड़ी देर के लिए! किन्तु चन्द मिनटों बाद फिर वही माँग...लौटा...गर्मी...घाम...पसीना...प्यास!...इसी तरह से दिन भर चलता था फ़सल कटाई का काम!...

...खेती-किसानी के सभी तरह के काम करता रहा मैं अपनी उस अठारह-बीस साल की उमर में! ख़ास बात यह थी कि मुझे वे काम करना कभी मजबूरी नहीं, बल्कि ज़रूरी लगते थे!...

पर उन ज़रूरी किसानी के मेहनत वाले कामों को करने के साथ-साथ, मेरा मन हमेशा पढ़ाई के लिए लालायित बना रहता था...तो एक दिन मैंने अपनी माँ से कहा था, 'अम्माँ, मैं पढ़ना चाहता हूँ...पढ़ाई करना चाहता हूँ मैं आगे की!...शहर जाकर!'

सुनकर माँ कुछ देर मेरी तरफ़ देखती रही थीं–एकटक। फिर वे बोल उठी थीं, 'अब आगे पढ़कर क्या करेगा तू?'

'आगे पढ़कर क्या करूँगा?' सोचता रहा था मैं देर तक। फिर मैंने माँ को जवाब दिया था, 'आगे पढ़कर मैं अपने भीतर विश्वास पैदा करना चाहता हूँ कि मैं एक पढ़ा-लिखा इन्सान हूँ...'

अम्माँ मेरी बात समझने की कोशिश करती हुई, मेरे सामने थीं।

'अभी मुझे लगता है कि मैं एक कमज़ोर आदमी हूँ; क्योंकि मैं बहुत कम पढ़ पाया हूँ!...मैं ऐसा कमज़ोर नहीं रहना चाहता अम्माँ!...मैं आगे और पढ़कर ऐसा ताक़तवर बनना चाहता हूँ कि मुझे कभी भी मैं कमज़ोर न लगूँ!...'

'अरे ताक़तवर बनना है तो ढँग से खा-पी, कसरत कर!' माँ बीच में ही बोल उठी थीं, 'पढ़ने से तू कैसे ताक़तवर बन जायेगा?'

'नहीं अम्माँ', मैंने माँ को समझाया था, 'ये शरीर की ताक़त की बात थोड़े ही है! मैं तो भीतर की ताक़त की बात कर रहा हूँ–दिमाग़ की ताक़त की!...जो पढ़े-लिखे बिना कहाँ से आयेगी।'

पढ़ने-लिखने का कुछ महत्त्व तो माँ ने भी सुन-समझ रखा था। वे कुछ देर सोचती रहने के बाद बोलीं, 'ठीक है, तेरी ऐसी इच्छा है तो मैं भुगतूँगी...तू पढ़ ले...'

तब गाँव से शहर पहुँचने के लिए सड़क नहीं बनी थी। नदी के पानी को पैदल पार कर जाना पड़ता था–कच्चे रास्ते से चल कर। माँ मुझे शहर जाने के लिए विदा करने, हर बार, नदी के पार तक आती थीं; और वहीं अपने हाथ के बने गुटेटों का झोला मेरे हाथों में पकड़ाकर लौटती थीं। तब उनकी आँखों में आँसू भरे होते थे।...

मैं कोई नौकरी-चाकरी करने के लिए पढ़ाई करने शहर नहीं गया था; बल्कि पढ़ाई के माध्यम से अपने भीतर की ताक़त तलाशने गया था! और इस काम में माँ ने अपनी देह और आत्मा पर बोझ उठा-उठाकर मेरी मदद की थी। उस दौरान मैं जब भी गाँव पहुँचता था, तब माँ का ममत्व में लिपटा हाथ मेरे सिर पर होता था; और लौटकर शहर जाते वक़्त वही हाथ मेरी पीठ पर..."

भीतर से आ रही आवाज़ कुछ पलों के लिए गुम हुई; फिर सुनाई दी थी, "शहर में पढ़ाई के लिए मैं जिस किराये की कोठरी में रहता था, वह 6X8 फीट की थी। मुझे कम-से-कम किराये की जगह चाहिए थी–इतनी भर कि जिसमें सुबह-शाम स्टोव पर खाना बना कर खाया; और रात में दरी बिछाकर सोया जा सके!...बीए से लेकर एमए करने तक के पाँच बरस मैंने उसी तंग कोठरी में गुज़ारे थे!...पर यहाँ एक बात ज़रूर कहना चाहूँगा कि शहर में मेरे रहने की कोठरी अवश्य छोटी थी; किन्तु उस दौरान शहर में मुझे जो लोग मिले, उनके दिल छोटे नहीं थे!...बीए में मैंने हिन्दी, संस्कृत, इतिहास और समाजशास्त्र विषय लिये थे; और बीए के आख़िरी साल में मेरे भीतर असमंजस था कि एमए किस विषय को लेकर करूँ! तो एक दिन

मैंने अपनी यह ऊहापोह अपने संस्कृत–अध्यापक डॉ. नन्हेलाल शर्माजी को बतायी थी, 'सर, मैं तय नहीं कर पा रहा हूँ कि मुझे एमए किस विषय को लेकर करना चाहिए?' सुनकर शर्माजी ने मुझसे कहा था, 'देखो, इस बारे में मेरी राय तो यह है कि तुम्हें किसी भाषा को लेकर ही एमए करना चाहिए...मैं समझता हूँ कि तुम्हारी हिन्दी अच्छी है...हिन्दी में तुम्हें अंक भी सबसे अच्छे मिलते रहे हैं; इसलिए तुम्हारा हिन्दी को लेकर ही एमए करना उचित होगा!...भाषा तो संस्कृत भी है, पर संस्कृत की अपेक्षा तुम्हारी पकड़ हिन्दी पर अच्छी है...इसके साथ ही एक और भी बात है; वह यह कि हिन्दी उदार और खुली हुई भाषा है, जिसमें बहुत सारी भाषाओं के शब्द समाहित रहते हैं...यह बात संस्कृत भाषा में नहीं है! इसलिए मेरी तो तुमको यही सलाह है कि तुम हिन्दी को ही लेकर एमए करना!'...तो डॉ. शर्मा ने संस्कृत के अध्यापक होते हुए भी मुझे हिन्दी से एमए करने की सलाह दी, जिससे उनकी उदार और मुक्त सोच का मुज़ाहिरा होता था...बाद में मैंने हिन्दी विषय को लेकर ही एमए किया था.. इसी तरह मुझे उस दौरान एक और सज्जन मिले थे...वे मेरे अध्यापक नहीं थे...उन्होंने मुझसे पहली बार की मुलाक़ात में ही कहा था, 'आपके हाथों की उँगलियाँ देखकर मैं दावे के साथ कह सकता हूँ कि ये एक कलाकार के हाथों की उँगलियाँ हैं!...क्या आपका किसी कला के प्रति रुझान है?' सुनकर मैंने उनसे कहा था, 'रुझान के बारे में तो स्पष्ट नहीं बता सकता; पर इतना है कि मुझे कभी-कभार कल्पना में कुछ आकार ज़रूर दिखाई देते हैं...' सुनकर उन्होंने मुझसे कहा था, 'तो फिर अपनी कल्पना के उन आकारों को रूप दीजिए...आपकी उँगलियाँ कर लेंगी।'.. मैंने उनसे उत्सुकतावश पूछ लिया था कि वे कौन हैं और क्या करते हैं; तो उन्होंने बताया था...वे एक चित्रकार हैं!...तो ऐसे नि:स्वार्थ और उदारमना लोग मुझे अपने शहर-प्रवास के समय में मिले थे!...मैं आपको बता दूँ कि बाद में मैंने मिट्टी का कुछ कलाकर्म किया था...अपनी कल्पना में आते आकारों को मिट्टी से रूपाकार दिया था...गाँव में रहते हुए भी; और यहाँ आ जाने के बाद भी...मेरे बनाये मृत्तिका-शिल्पों की संख्या पचास के क़रीब तो होगी ही...मेरे रचे सभी शिल्प आकारवान होते हुए भी ऐब्स्ट्रैक्ट होते हैं..."

कहने के बाद भीतर फिर सन्नाटा छा गया था। उसके कुछ देर बाद भीतर से जो आवाज़ सुनाई दी, वह उदासी में लिपटी लग रही थी, "ख़ैर, मैंने अपनी एमए की पढ़ाई भी पूरी कर ली थी; और क़रीब पाँच बरस शहर में रहने के बाद मैं वापस जब गाँव पहुँचा था, तब मैंने ग़ौर किया था कि मेरी माँ का चेहरा कुछ और बुढ़ापे की तरफ़ बढ़ चुका था...

न सिर्फ़ माँ का चेहरा; बल्कि मुझे गाँव में बहुत कुछ बदला हुआ-सा दिखा था...

पर बहरहाल, उसके बाद मैं एक बार फिर गाँव-खेती-किसानी-धूप-धूल-माटी का हो गया था; और फिर लगभग पन्द्रह बरसों तक गाँव में ही रहा था...

उन क़रीब पन्द्रह सालों के दरमियान मेरे साथ जो कुछ हुआ, उसने ही मुझे यहाँ पहुँचा दिया था, जहाँ आप देख रहे हैं..." कहने के साथ ही भीतर फिर सन्नाटा छा गया।

"क्या हुआ था आपके साथ उन सालों के बीच?" बाहर से मैंने अपनी जिज्ञासा को सवाल बनाया था।

उसके बाद भी कुछ क्षणों का सन्नाटा बना रहा; फिर भीतर से कहा गया, "सब कुछ तो नहीं बताया जा सकता! पर कुछ-एक विशेष बातें बताता हूँ आपको...एक तो यह कि उस दरमियान चीज़ों को, स्थितियों को देखने-समझने का मेरा नज़रिया और हो गया था; दूसरी यह कि कोई भी ग़लत बात होते हुए मैं देख नहीं पाता था; तीसरी यह कि मुझे अव्यवस्थाएँ दिखाई देने लगी थीं...लोगों को अक्सर अव्यवस्थाएँ दिखाई नहीं देतीं; या वे उनकी तरफ़ ध्यान ही नहीं देते! पर मुझे वे साफ़ दिखाई देतीं; चौथी यह कि उन सालों के दरमियान मैंने गाँव में जो कुछ देखा-सुना और महसूस किया, वैसा उससे पहले कभी नहीं देखा-सुना और महसूस किया था...जैसे कि उन्हीं सालों के दरमियान मुझे दिखाई दिया कि कैसे गाँव का एक आदमी एक दिन बैल में बदल गया था...

इन्सान से बैल में तब्दील हो जाने वाले उस आदमी का नाम था सरमन! सरमन ने अपने बारे में ज़्यादातर बातें मुझे ख़ुद अपने मुँह से बतायी थीं–अपनी भाषा में, अपनी तरह से; और कुछ बातें मैंने अपनी तरह से जानी थीं...मैं उन सब बातों को अपनी भाषा में आपको बताता हूँ...तो हुआ यह था कि सरमन उस उम्र तक बहुत सुखी था, जब तक नासमझ था। ज़िन्दगी तब एक मौज ही थी उसके लिए! वह क्या खाता है? कैसे खाता है? पेट भरता है या नहीं? क्या पहनता है? कहाँ रहता है? कैसे रहता है? घर के अन्य लोग क्या करते हैं? करते भी हैं या कुछ भी नहीं करते?... इन सब सवालों से कोई वास्ता न था तब तक उसका।

लेकिन जब दिमाग़ को समझने की, आँखों को देखने की तमीज आयी, तब सरमन को अपना बाप एक लिजलिजा-सा प्राणी लगा था। उसका बाप भीख माँग कर अपना और अपने परिवार का पेट भरता था! वह कभी अपने ही गाँव में, तो कभी आन गाँव जाकर भीख माँगता था। भीख माँगने के लिए वह निकल जाता था–काँख में झोली डालकर–फटेहाल! और फिर द्वार-द्वार फिरता! दूरदराज गाँवों में कभी हफ़्ते भर, तो कभी पखवारे भर और कभी-कभी महीने भर तक घूमता रहता; और जब

लौटकर घर आता तब अनाज से झोली तो भरी ही होती; गाँठ में कभी सौ-पचास, तो कभी दो सौ-तीन सौ और कभी-कभी चार सौ-पाँच सौ रुपये होते। फिर रोज़ाना गाँव में चक्कर लगा लिया करता!..ख़ूब चैन से कटती थी।...बाप की देखा-देखी और सलाह-सोहबत से सरमन का बड़ा लुंजा भाई भी काँख में झोली लटकाने और अपनी लाठी टेकता-टेकता गाँव में फेरी लगाने लगा था...

सरमन उन दिनों स्कूल में पढ़ने जाता था। वहाँ उसने किताबों को ही नहीं, स्कूल के छात्रों और मास्टरों को भी पढ़ लिया था। और उस पढ़ाई से उसे कुछ हो गया था!

वह कुछ यह था कि उसका बाप भीख माँगने जाता, तो वह बाप को ढीठ निगाहों से देखता रहता था; लुंजा भाई भीख माँगने जाता, तो वह उसे भी वैसी ही निगाहों से देखता रहता था; उसकी माँ घर में बैठी-बैठी खाती थी, तो वह माँ को भी उन्हीं निगाहों से देखता रहता था।

सरमन उसी तरह अपने घरवालों के साथ-साथ, गुज़रते सालों को देखता रहा।

इस बीच उसके बाप ने अपने बेटे को सयाना हो गया देखा, तो घूमा-फिरी कर एक बिरादर की सयानी हो गयी लड़की खोज ली उसके लिए।

उसके बाद सरमन अपना ब्याह होते देखता रहा और उसके बाद के समय में अपनी घरवाली को भीख के अन्न की रोटियाँ तोड़ते देखता रहा।

वह सब देखते हुए वह लगातार बेचैन रहा। पर एक दिन जब उसकी बेचैनी अपनी सीमाएँ तोड़ने लगी, तो वह अपने भीख माँगने वाले बाप के सामने तनकर खड़ा हो गया; और उससे बोला, 'दादा, अब बन्दकर दो यह धन्धा!'

'कौन सा धन्धा?' उसके बाप ने अपनी मिचमिची आँखों से सरमन की ओर देखा था।

'यही, द्वार-द्वार पर भीख माँगने का धन्धा!' सरमन ने कहा था।

'यह तो हमारी जाति का काम है!.. इसे नहीं करेंगे, तो फिर हम क्या करेंगे और क्या खायेंगे?' बाप ने कहा था।

'भीख माँगना किसी जाति का काम नहीं होता! और रहा सवाल कि खायेंगे क्या, तो मेहनत से रोटी कमायेंगे और खायेंगे!' सरमन ने बाप से कहा था।

'पर अब मैं क्या मेहनत करूँगा सरमन?' बाप की कहन में लाचारगी थी।

'तुम नहीं करोगे; मैं करूँगा मेहनत!...तुम लोग कुछ नहीं कर सकते, तो घर बैठो चुपचाप। पर भीख माँगने मत जाओ!...मैं भरूँगा तुम सबका पेट मेहनत करके।' सरमन ने दृढ़ता से कहा था।

सुनकर उसका बाप चुप हो गया था...

उसके बाद सरमन ने तय किया था कि वह खेती करेगा। खेती में उपजे अन्न से भरेगा अपने परिवार का पेट।

उसके बाद सरमन के सामने एक सवाल यह आ खड़ा हुआ कि वह खेती करेगा कहाँ? खेती के लिए ज़मीन भी तो चाहिए। और उसके परिवार के पास तो बिस्वा भर भी ज़मीन न थी!

तो सरमन ने भाड़े पर ज़मीन लेकर खेती करने का इरादा किया।

गाँव के कुछ बड़े काश्तकार अपनी ज़मीन भाड़े पर उठाते थे। ऐसे ही काश्तकारों में से एक थे घनसुन्दर सिंह! चौधरी घनसुन्दर सिंह!

सरमन उनके पास पहुँचा। उन्हें अपनी इच्छा बतायी कि वह भाड़े पर उनकी कुछ ज़मीन पर खेती करना चाहता है।

चौधरी ने उससे पूछा, 'तुम्हें कितनी ज़मीन चाहिए?'

'बीस बीघा बनेगी मुझसे चौधरी कक्का!' सरमन ने कहा था।

'ठीक है, बीस बीघा कर लेना...साठ मन गेहूँ देने पड़ेंगे मुझे बीस बीघा के! बाकी सब तुम्हारे! कितने भी पैदा हों!' चौधरी ने कहा।

'साठ मन!' सरमन के मुँह से बमुश्किल निकला।

'हाँ, साठ मन!' चौधरी ने आँकड़े समझाये थे सरमन को, 'बीस बीघा में कम-से-कम सौ मन गेहूँ होंगे...मुझे देने के बाद भी चालीस मन बचेंगे तुझे...तिबटिबा पर लेनें पर तो इससे कम ही बचते तुझे!'

'बीस बीघे में इतना कहाँ होता है चौधरी कक्का!' सरमन ने कहा, 'सिंचित थोड़े ही है...'

'क्यों नहीं होगा? मेहनत करेगा तो क्यों नहीं होगा!' चौधरी बोले।

'मेहनत तो करूँगा ही...पर...' सरमन कहते कहते रुक गया।

'पर क्या?' चौधरी ने अपनी पैनी निगाहें सरमन के रूखे-से चेहरे पर टिका दीं।

सरमन थोड़ी देर तक सोच-विचार करता रहा, फिर बोला, 'साठ मन तो नहीं, चालीस मन दे दूँगा...फिर कितना भी पैदा हो, कम हो या ज़्यादा!' उसने मन-ही-मन हिसाब लगाया था कि ज़मीन भले ही असिंचित है, तो भी चार मन फी बीघे से क्या कम उपज देगी। उस हिसाब से अस्सी मन तो पैदा होंगे!...चालीस मन देकर चालीस मन बचेंगे!...तिबटिबा में तो तीसरा हिस्सा ही मिलेगा!

सुनकर चौधरी बोले थे, 'चालीस मन तो कम है...तुम कहते हो, तो पचास मन दे देना!'

'नहीं, चौधरी कक्का!' सरमन की आवाज़ कातर हो उठी, 'कुछ बच रहेगा तो परिवार का पेट पल जायेगा!...आपको कोई फरक नहीं पड़ेगा...आप बड़े आदमी हो!'

'अरे, बड़ा-छोटा कुछ नहीं होता! सब एक बराबर हैं अब तो!...संविधान ने सबको बराबर का हक़ दिया है!' चौधरी बोले।

सुनकर सरमन के मन में आया कि कह दे कि चौधरी कक्का, संविधान के भीतर होंगे सब एक बराबर; यहाँ नहीं हैं। यहाँ सब एक बराबर होते तो आप खाट पर और मैं धरती पर क्यों बैठा होता? और आपकी ज़मीन पर मैं मेहनत करने के लिए क्यों आता? लेकिन उसने जीभ दाब ली; और प्रकट में इतना ही बोला, 'चौधरी कक्का, आप आप ही हैं; और मैं मैं ही!'

चौधरी ने कहा, 'ठीक है, चालीस मन की बात माने लेता हूँ; पर इससे बिल्कुल कम नहीं लूँगा!...फिर तुम कहो! चाहे दस मन पैदा हो; या सौ मन...मुझे पूरा चालीस मन चाहिए!' ठेके का मतलब ही यह है...एक बार फिर सोच लो!'

'सोच लिया चौधरी कक्का, चाहे कितना भी हो, आपको चालीस मन दूँगा! मर्द की ज़बान एक होती है!' सरमन ने कह दिया था।...

इस तरह से बात पक्की हो गयी थी।

उसके बाद सरमन के सामने सवाल था खेती के साजोसामान का! बैल, हल, बखर वग़ैरह की व्यवस्था का! और उस सवाल का जवाब उसे मिला रोशनदाऊ के रूप में। रोशनदाऊ गाँव में सूद पर क़र्ज़ देने का कारोबार करते थे। वे बस इतना देखते थे कि लेने वाले के पास घर, गोंड़ा, मड़इया कुछ है या नहीं! यदि हो तो किसी को भी नाहीं नहीं करते थे।

शाम के समय जब सरमन पहुँचा, तब रोशनदाऊ अपने बैठके में ही थे। वह उनके पास पहुँचा था...अँधेरा पड़े जब वह वहाँ से लौटा, तब उसे लग रहा था कि उसकी दुनिया बदल गयी है! दो हज़ार रुपये का क़र्ज़ दे दिया था उसे रोशनदाऊ ने–बही में अँगूठा निशान और दस्तख़त लेकर!

उस रक़म से सरमन ने दो अधेड़ बैल ख़रीदे थे; हल-बखर बनवाये थे; और अन्य ज़रूरी सामान ले लिया था।

उसके बाद अषाढ़ की पहली बूँदें पड़ते ही वह खेती की जुताई करने में लग गया था। वह जानता था कि खेती की जितनी अच्छी जुताई होगी, उतनी ही बेशी पैदावार मिलेगी! अषाढ़ से लेकर सावन के उघरे दिनों में वह खेती की जुताई करता रहा। किन्तु सावन की जुताई के बाद ज़मीन को जोतने के लिए जितनी वर्षा की ज़रूरत थी, वह नहीं हुई। भादों की शुरुआत में आसमान में बादल घने हुए और थोड़े-से बरसे भी थे। लेकिन उसके बाद नदारद हो गये! लगभग अकाल–जैसी स्थिति बन गयी! पर किसान अपने-अपने खेतों में हल-बखर चलाने में लगे थे। सरमन भी लगा हुआ था–उसी थोड़े से पानी के भरोसे, जो दो-तीन बार में धरती ने अपनी देह में सहेज लिया था...लगा था बार-बार जुताई करने कि जैसे-तैसे ज़मीन में नमी बने रहे और बीज धरती की कोख में पहुँच जायें! फिर कहीं अगहन-पूस तक भी पानी

बरस जायेगा, तो धरती माता पीठ न देगी; और परिवार का पालन-पोषण हो जायेगा एवं ठेके के चालीस मन का भार भी उतर जायेगा!...

सरमन आस में खेत जोतता रहा; पर अचानक उसके सामने एक बहुत बड़ी मुसीबत आ खड़ी हुई...सरमन के दोनों बैल बिल्कुल अलग-अलग स्वभाव के थे... एक बैल थोड़ा तेज़ स्वभाव का था! पीठ से परेनियाँ न लगने देता था–ऐसा पानीदार!... दूसरा बैल शरीर से भी थोड़ा हड़ियल था और स्वाभाव से मोटा बेशरम! तो पानीदार बैल खेत में हल-बखर खींचने में तो कभी कोई कोताही न करता; परन्तु मेहनत के कारण दिन-ब-दिन सूखता जाता था...खाने को क्या था! वही रूखा-सूखा भूसा या जार-जरिया! तो पानीदार बैल रोज़ कन्धे पर जुआ रखे रहा; और शाम को खनौटे में रखा सूखा भुस खाता नहीं था। भुस के साथ कुछ दाना-दरिया होता तो खाने में मन लगता और देह का बल बढ़ता! पर दाना-दरिया कहाँ था! जहाँ आदमियों को ही पेट के लाले पड़े हों, वहाँ बैलों के लिए दाना-दरिया कैसा! तो पानीदार बैल खनौटे के भुस पर मुँह मारता; और बिना खाये बैठ जाता! ऐसा कुछ दिनों तक चलता रहा। पर एक दिन वह बैल रात को बैठा, तो फिर बैठा ही रह गया! फिर कभी नहीं उठा! हाँ, उसकी जोड़ी का बैल, मेहनत तो उतनी ही करता था; पर शाम को खनौटे के सूखे भुस में मुँह अड़ा देता तो खनौटे को साफ़ करके ही बैठता! सो उसका बाल बाँका न हुआ था!.. अब एक बैल से तो खेती होने से रही! सो सरमन चिन्तित हो उठा... कि तभी एक दिन उसे एक बेवारिस डाँगर घूमता हुआ दिखाई दे गया, जिसकी आँखों के कोहीं से नथुनों तक कीच और आँसुओं की ढारें बह रही थीं; रीढ़ पर एक बिगड़ा हुआ कौद था जिससे बहते ख़ून की सूखती-पपड़ाती लकीरें पीठ पर एक ओर को बन गयी थीं; जिसका शरीर अस्थि-पंजर हो चुका था और पुट्ठा छलनी की तरह छिदा हुआ था...ऐसा वह डाँगर इधर-उधर मुँह मारता फिर रहा था। तो सरमन ने पकड़ लिया उसे। नाक में नाथ पहना दी; और जोत दिया बखर में हड़ियल बैल के साथ...चल भैया! धीरे-धीरे कुछ तो काम हो!...पर डाँगर ने बहुत दिन तक साथ न दिया उसका। उसे तो पहले ही भुगत कर छोड़ा था किसी ने! कमाऊ शरीर की बूँद-बूँद ताक़त दुह लेने की परम्परा जो ठहरी!...तो एक दिन खेत में ही पसर गया डाँगर; और उसके थोड़ी देर बाद वहाँ गीध-कौवे मँडरा रहे थे!...

डाँगर के मरने के बाद सरमन की आँखों के आगे अजीब तरह का अँधेरा था–एक ऐसा अँधेरा, जिसमें देखा तो जा सकता था पर देखे हुए को समझा नहीं जा सकता था!...

सरमन जानता था कि दूसरे बैल के बिना खेती नहीं हो सकती! भले ही कोई कम क़ीमत का बूढ़ा बैल ही हो, पर हो! तभी काम चलेगा। पर कहाँ से, कैसे आये;

उसके गाँठ में तो कुछ न था!.. अन्ततः उसने एक बार फिर रोशनदाऊ से कुछ और क़र्ज़ लेकर एक बैल ख़रीदने का फ़ैसला किया।

उस दिन वह रोशनदाऊ के यहाँ से लौटा, तो उसे लग रहा था कि बैल उसकी जेब में बैठा है!...

भादों में ख़रीदा गया वह बैल भी क्वार निकलते-निकलते ऐसा हो गया था कि बखर के हर फेरे में दो-तीन बार बैठ जाता था! थक गया था उसका बलहीन शरीर! उसकी मजबूरी थी!

जब बैल बखर में जुता हुआ ही बैठ जाता था, तो सरमन बुदबुदाते हुए उसे ललकारता, 'उठ भैया!...ऐसे कैसे काम चलेगा?..चलना तो पड़ेगा ही!' और वह बैल के पुट्ठे को परेनियाँ की कील से कोंचता-उठाने के लिए। माँस में चुभन से बैल अपनी जगह बैठा हुआ ही मटमटा जाता, पर उठता नहीं! सरमन उसके पुट्ठे को दोबारा कोंचता और ऊँची आवाज़ में उसे ललकारता, 'उठ जा!...उठ भैया!...' पर बैल उठ नहीं पाता था...बार-बार कोंचने से उसका शरीर सिहर-सिहर उठता; पर उससे उठा नहीं जाता था!...सरमन उसकी पीठ पर परेनियाँ फटकारता; और हर एक प्रहार के साथ ललकारता, 'उठ!...उठ जा!...उठ भैया!...उठ बेटा!' लेकिन बैल नहीं उठता था–उसके भीतर उठने की न शक्ति रही थी न ही इच्छाशक्ति!

बैल को खड़ा करने की इस तरह की कोशिश में सरमन पसीना-पसीना हो जाता! क्वार महीने की तीखी घाम सिर पर होती; और मन-मस्तिष्क में परेशान करने वाले सवाल–अब क्या होगा?...कैसे देगा ठेके का चालीस मन अनाज?...क्या करे?... वह साफी से माथे-मुँह का पसीना पोंछता और बैल की तरफ़ ऐसे देखता जैसे वह बैल न होकर सशरीर संकट हो जिसका उसे निवारण करना था!

एक दिन बखर के बीच फेरे में बैल बैठ गया और तमाम उपाय करने के बाद भी नहीं उठा; तो सरमन ने एक नयी तरकीब का सहारा लिया–उसे उठाने के लिए... उसने बैल की पूँछ पकड़ी और उसके छोर के बालों के गुच्छे के नजदीक का वह हिस्सा, जो सबसे पतला और गोल होता है, अपनी साफी में लपेट कर अपने मुँह में रखा और अपने दाँतों से भरपूर ताक़त के साथ दबाया! ऐसा करने के साथ ही बैल के समूचे शरीर में दर्द की एक लहर-सी उठती दिखी–उसने भड़भड़ा कर उठने की कोशिश की, पर पैर अधउठे रह गये! यह देखकर सरमन ने उसकी पूँछ को दोनों हाथों से पकड़कर उसके अधउठे धड़ को उठने में सहारा दिया, तो बैल पीछे के पैरों पर खड़ा हो गया। तब सरमन ने दौड़ कर उसकी गर्दन पर सहारा लगाया। इससे बैल चारों पैरों पर खड़ा हो गया। पर उसका पूरा शरीर काँप रहा था। सरमन उसके पैरों पर हाथ फेरने लगा–मालिश करने की तरह। कुछ देर बाद बैल के पैरों

का काँपना रुक गया। तब सरमन ने उसके शरीर पर हाथ फेरा, पुट्ठे थपथपाये; माथे, कानों और गर्दन को सहलाया...

उसके बाद धीरे-धीरे बखर रेंग चला था...

इसी तरह रो-झींककर दो दिन गुजरे कि दोपहर में तालाब के गड्ढे में पानी पीने के लिए ले जाते हुए गिर पड़ा वह बैल–पानी तक पहुँचने से थोड़ी दूर पहले!... वहाँ थोड़ा कीचड़ था–रोज़-ब-रोज़ सूखते जाते पानी के कारण गाढ़ा होता जाता कीचड़!...बैल के पैर उस कीचड़ में धँसे; और उन्हें उठा-उठाकर आगे बढ़ने की कोशिश में यकायक लड़खड़ा गया उसका कमज़ोर शरीर; और गिर पड़ा!...सरमन ने दौड़कर उसके नज़दीक पहुँच उसे उठाने की भरसक कोशिश की–उसकी पूँछ पकड़ कर, गर्दन को सहारा देकर! पर सब बेकार! सरमन के दिमाग़ ने एक बार परेनियाँ कोंच कर या फटकार कर उठाने को कहा, लेकिन हाथ न उठे उसके! विश्वास हो गया सरमन को कि नहीं उठ पायेगा वह बैल!...अब परेनियाँ कोंचने या फटकारने से कुछ नहीं होगा! ताक़त ख़त्म हो चुकी शरीर की! अब कुछ बचा नहीं है शरीर में! जीते-जी मर चुका है बैल!...क्षण भर को, कीचड़ में फँसे-सने बैल की आँखों में देखकर, दया से भर उठा सरमन...बेचारा! पानी तक न पी सका!...और अगले ही क्षण सरमन की आँखों में स्याही-सी भर उठी...अँधेरा! अँधेरे में चेहरे! अनेक चेहरे! सवालों में तब्दील होते चेहरे!...क्या करे?...कैसे होगा?...चौधरी घनसुन्दर सिंह...?...रोशनदाऊ...?. ..क्या होगा अब?...और अचानक सरमन को लगा था कि उन तमाम सवालों के बीच वह ख़ुद भी एक सवाल में तब्दील हो गया है–भयानक अँधेरे के बीच लटका एक अनुत्तरित सवाल!...

उसके बाद के दिनों में सरमन देखता रहा कि उसका बैल तालाब के कीचड़ में पसरा पड़ा था–कीचड़ में लथपथ-ज़िन्दा लाश!...कौवों, कुत्तों और गीधों ने उसे मरा समझ लिया था...गीधों ने अपनी चोंचें डाल-डालकर उसकी गुदा और आँतें बाहर खींच ली थीं और वे उसके ज़िन्दा रक्त-माँस को चिचियाते हुए खा रहे थे; कुत्ते उसकी देह के हिस्सों को चींथ रहे थे; कौवे उसकी आँखें फोड़कर खा रहे थे...और वह सचमुच मर गया था...

उसके कुछ दिनों बाद, सरमन का जो हुआ, वह मैंने अपनी आँखों से देखा था...उस दिन मैं अपने खेत की ओर जा रहा था...उससे पहले चौधरी घनसुन्दर सिंह का वह खेत पड़ता था, जो सरमन ने भाड़े पर लिया हुआ था...मैंने दूर से ही देख लिया था कि उस खेत में बखर चल रहा था...कुछ और पास पहुँचने पर मैंने देखा था कि बखर को दो बैल नहीं खींचते दिख रहे थे...पास पहुँचने पर मैंने देखा कि बखर के जुए में एक तरफ़ एक बैल जुता था और दूसरी तरफ़ एक आदमी! आदमी

बैल की ही तरह गर्दन पर जुए का सिरा धरे, सिर झुकाये, हाँफता हुआ, जोड़ी के हड़ियल बैल के संग जुता हुआ बखर खींच रहा था! उसने अपने दोनों हाथ, गर्दन पर रखे जुए पर से निकालकर आगे को लटका रखे थे; ताकि जुआ गर्दन से खिसक कर गिर न सके!...तो इस तरह बखर में बैल के संग आदमी जुता हुआ था!..वह आदमी सरमन था!...सरमन, जो बैल में तब्दील हो गया था!"

कहे जाने के बाद, कुछ देर तक भीतर चुप्पी छायी रही। उसके बाद, भीतर से फिर सुनाई दिया, "तो उन सालों के दरमियान मैंने देखा था कि किस तरह एक आदमी बैल बन गया था!...और उन सालों के दरमियान ही मैं एक ऐसे वाक़ये से वाक़िफ़ हुआ था, जिसके कारण गाँव का एक मज़दूर आदमी, अचानक एक दिन सबकी आँखों के आगे से अदृश्य हो गया था!..उन सालों के दरमियान ही मैंने देखा था कि कैसे 'लोकतन्त्र' और 'सामन्तशाही' गलबहियाँ किये हुए साथ-साथ चल रहे थे!...उन सालों के दरमियान ही मुझे दिखाई दिया कि कैसे 'धर्म' के नाम पर अन्धविश्वास को धन्धे में बदल दिया गया था!..."

उसके बाद, भीतर से आती आवाज़ तल्खी से तनी हुई थी, "और उन्हीं सालों के दरमियान मैंने देखा कि किस तरह गाँव में मनुष्यों को 'भीड़' बनाने वाली 'फैक्टरी' चल रही थी...मैं गाँव के 'स्कूल' को देखता, तो मेरे सामने एक सवाल होता कि क्या, उस स्थान को ऐसा होना चाहिए, जिसमें देश का भविष्य तैयार होता है?...ऐसा कि जो मनुष्यों की जगह 'भीड़' तैयार करता हो!...आने वाले समय की ऐसी 'भीड़', जो किसी भी देश-काल की भीड़ की तरह आँखें मूँदे, अपने किसी तथाकथित 'रहनुमा' के पीछे-पीछे चलती हुई उसके सत्कार और जयकार के नारे लगाने का काम करती है!..."

कहे जाने के बाद, भीतर की आवाज़ में किंचित् उदासी घुल गयी थी, "तो जनाब, यह देखने-समझने के बाद मैंने तय किया कि मुझे अपनी औलाद के अच्छे भविष्य की ख़ातिर गाँव छोड़कर शहर का रुख़ करना होगा!...और मैंने वही किया!... मैं आपको बता दूँ कि गाँव में रहने के उन क़रीब पन्द्रह सालों की शुरुआत में ही मेरा ब्याह हो गया था...और ब्याह के लगभग नौ-दस बरसों मैं एक औलाद का पिता बना था–एक बेटे का पिता!...तो जब मेरा बेटा पढ़ाई के लिए स्कूल में दाख़िला पाने की उम्र में पहुँचा, तब मैं परिवार सहित यहाँ...शहर में आ गया था...गाँव की ज़मीन बेच दी थी; और उसकी रक़म में से कुछ से यह घर ख़रीदा था जिसके भीतर अभी हूँ और बची रक़म बैंक में जमाकर दी थी, ताकि भविष्य के ख़र्चों के लिए काम आ सके!...तो इस तरह से मैं यहाँ आ गया था...

यहाँ आने के बाद मैं बहुत ख़ुश था; बल्कि कहना चाहूँगा कि यहाँ सैटल हो जाने के बाद मैं अपने-आपको संसार का सबसे ख़ुश आदमी समझता रहा था!... जिस बेटे की ख़ातिर यहाँ आया था, सबसे ख़ुशी की बात यही थी कि उसका दाख़िला शहर के सबसे अच्छे माने जाने वाले स्कूल में हो गया था...तो बेटा स्कूल जाने लगा था...

समय बड़े आराम से आगे बढ़ रहा था...बेटा अपनी पढ़ाई में दर्जा-दर-दर्जा आगे बढ़ता जा रहा था। वह पढ़ाई में काफ़ी अच्छा निकला था। इस कारण मैं उसके और अपने अच्छे भविष्य के प्रति आश्वस्त बना हुआ था...मेरे मन में उसके और परिवार के लिए अनेक ख़ुशनुमा कल्पनाएँ आकार लेती रहती थीं।

कुछ समय बाद मैंने इस घर का नया रंग-रोगन कराने का इरादा किया... तो एक दिन सुबह मैं मज़दूर-चौराहे गया, जहाँ सभी तरह के कामगार मिलते थे। वहाँ मुझे मकानों की रँगाई-पुताई करने वाला एक मज़दूर मिला। उसका नाम था सनेहीलाल। मैंने उससे दरयाफ़्त किया, 'रँगाई-पुताई का सब काम जानते हो?... पहले पुट्टी होगी, फिर प्लास्टिक पेंट...'

'यही काम करता हूँ बाबूजी! पहले काम देख लेना...पसन्द आये तब पैसे देना!' सनेही ने कहा था।

उसकी बात सुनने के बाद मैं उसे अपने साथ यहाँ ले आया था।

सनेही शकल-सूरत से तो वैसा नहीं लगता था, जैसा काम करने में होशियार था! उसका हाथ बहुत सफ़ाई से चलता था; न सिर्फ़ सफ़ाई से बल्कि जल्दी भी!

मज़दूर-चौराहे पर वह अपनी ठिगनी-इकहरी देह पर ढीली-बैगी टाइप पैंट और ढीली-ढाली शर्ट पहने; और पैरों में मैली-कुचैली प्लास्टिक की चप्पलें अटकाये हुए मिला था!

मेरे साथ यहाँ आने के बाद उसने सबसे पहले यह किया कि अपनी ढीली पैंट-शर्ट को उतार कर एक तरफ़ रख दिया। उसके बाद उसकी देह पर–ढीली पैंट-शर्ट के नीचे पहले से ही पहनी हुईं–पतली पैंट और आधी आस्तीन की टीशर्ट नुमायाँ हो उठीं...उसकी वे पैंट-टीशर्ट तरह-तरह के रंगों के धब्बों से भरी हुई थीं। उन्हें देखने के बाद, मेरी समझ में आ गया था कि वह उसकी काम करने के समय की ड्रेस थी, जिसे वह साफ़ पैंट-शर्ट के नीचे पहनकर निकलता था।

अपने काम के वक़्त की ड्रेस में हो जाने के बाद उसने मेरी ओर देखा और कहा था, 'लाओ, माल कहाँ है?'

'माल?' मेरे मुँह से निकला था।

'हाँ...कलर, पेंट, पुट्टी और सब सामान!' उसने कहा था।

सुनकर, मैंने उसे सारा सामान बता दिया था–पेंट के डिब्बे, वॉल-पुट्टी का बैग, फनर्स, ब्रश आदि सामान।

'पहले पुट्टी होगी सब जगह? उसके बाद पेंट?' उसने पूछा।

'हाँ!' मैंने उससे कहा।

'पानी दो...और तसले, बाल्टी, मग्गे!' उसने आगे कहा।

मैंने वे सब चीज़ें उसे बता दी थीं।

उसके बाद वह काम करने में जुट गया था। उसके काम करने की तेज़ी और हाथ चलाने की सफ़ाई देखने पर उसकी कही बात की पुष्टि हो रही थी...उसके द्वारा पुट्टी को तसले के पानी में डालकर फेंटाई से लेकर उसे फनर पर लेने के बाद दीवार पर लगाने तक; और बाद में प्लास्टिक पेंट को बाल्टी में पानी मिलाकर तैयार करने से लेकर ब्रुश से दीवार पर लगाने तक–उसके हर काम में मुझे शऊर और साफ़-सुथरापन नज़र आया था!

उस पहले दिन वह दो बजे तक लगातार काम करता रहा। इस बीच उसने पीने के लिए पानी तक नहीं माँगा। दो बजे के बाद उसने बाल्टी में रखे पानी से हाथ धोये। उसके बाद मेरी ओर देख कर कहा, 'एक मग्गा पीने का पानी दे दो बाबूजी!'

मैंने फ्रीज़ से ले जाकर पानी की बोतल उसे दी।

उसने मेरे हाथ से बोतल लेकर एक तरफ़ रख दी और अपनी पहनी हुई पैंट की जेब में हाथ डालकर उसमें से पॉलीथिन की थैली में लिपटा कुछ निकाला।...मैं ग़ौर से देख रहा था...उसने पॉलीथिन की थैली के भीतर रखी जो चीज़ निकालकर हाथ में ली, वह चीज़ एक रोटी थी–एक मात्र रोटी!...उस अकेली रोटी के अलावा और कुछ भी नहीं–न सब्ज़ी और न ही अचार का कोई टुकड़ा! सिर्फ़ एक रोटी!

उसने उस रोटी को–उस ख़ालिस रोटी को हाथ से तोड़ते हुए चार-पाँच कौरों में खा लिया। उसके बाद बोतल उठाकर पानी पी लिया था।

उसके बाद पन्द्रह-बीस मिनटों तक सुस्ताने के बाद वह फिर काम करने लगा गया था।

शाम को उस दिन काम पूरा करने के बाद, उसने अपने उतारकर रखे गये पैंट-शर्ट पहने थे।...मैंने ग़ौर किया था कि पैंट की कमर पर उसने बिजली का मोटा तार बाँधा हुआ था...बिजली के उस तार से उसने पैंट की ढीली कमर को कसकर बाँध लिया था। उसके बाद उसने मेरी तरफ़ देखा था।

मैंने उससे पूछा, 'पैसे रोज़ लिया करोगे या काम निबटने के बाद इकट्ठे लोगे?'

उसने कहा, 'आज तो एक सौ का नोट दे दो...पूरे पैसे तो काम निबटने के बाद ही लूँगा...बीच में ज़रूरत पड़ने पर ले लिया करूँगा।'

मैंने एक सौ रुपये का नोट उसे दे दिया था। नोट लेकर वह ख़ुश-ख़ुश यहाँ से चला गया था।

अगले दिन, ठीक पिछले दिन की ही तरह, मन लगाकर, उसने काम किया। लंच के समय उसने ठीक पिछले दिन की ही तरह, एक मात्र रोटी पैंट की जेब से निकाली और खायी।

दूसरे दिन भी एक मात्र रोटी खाकर अपना लंच पूरा करते उसे देखकर मैं हैरान था...एक रोटी खाकर क्या उसका पेट भर पाता होगा!...तीस-बत्तीस के आसपास की उम्र का मेहनत करने वाला आदमी; और दोपहर के खाने में सिर्फ़ एक रोटी! वह भी बिना सब्ज़ी-भाजी या अचार-चटनी के!...एक दिन नहीं, दूसरे दिन भी!...ग़ुरबत का ऐसा हाल!...तो मैंने उससे पूछ लिया था, 'एक रोटी से तुम्हारा पेट भर जाता है?'

'ब्हौत है!' उसने कहा था।

'अरे नहीं! एक रोटी से क्या भूख मिटी होगी!...मैं लाता हूँ!' कहकर मैं पत्नी के पास पहुँचा और उससे बोला था, 'यह मज़दूर रोज़ एक रोटी लेकर आता है और सिर्फ़ उसे ही दोपहर में खा लेता है...उससे उसका क्या पेट भरता होगा!...यदि रखी हों तो चार रोटी और कुछ सब्ज़ी उसे दे दो...नहीं रखी हों, तो सेंक दो और अचार के साथ दे दो!'

पत्नी ने कहा था, 'रखी तो नहीं हैं...बनाये देती हूँ।'

मैंने कहा, 'बना दो!'

तो पत्नी ने चार रोटियाँ गैस पर सेंक दी थीं; और उन पर नीबू-मिर्च का अचार रखकर सनेही को दीं।

सनेही ने रोटियाँ हाथों में ही ले लीं; और उसने उन्हें बड़े-बड़े कौर बनाकर अचार के साथ फ़ौरन खा लिया। उसके बाद और पानी माँगा। मैंने एक बड़े बर्तन में उसे पीने का पानी दिया। उसने पानी पिया, थोड़ी देर आराम किया; और फिर काम पर लग गया था।

उसके काम करने के दौरान ही मैंने उससे पूछा था, 'सनेही, घर में और कौन-कौन है तुम्हारे?'

'और कोई नहीं है।' उसने अपनी सहज-भारी आवाज़ में कहा था।

'क्यों?...क्या तुम्हारी शादी नहीं हुई...?' मैंने पूछा था।

'शादी तो हुई थी...' उसने लगभग बेपरवाही के साथ कहा।

'तो फिर तुम्हारी घरवाली कहाँ है?' मैंने कहा था।

मेरे उस सवाल के जवाब में वह चुप रहा; तो मैंने उसके व्यक्तिगत जीवन के बारे में पूछताछ उचित नहीं समझी और आगे कुछ नहीं पूछा था।

बहरहाल, उसने उस साल लगभग हफ़्ते भर तक इस घर की रँगाई-पुताई का काम किया था। मुझे उसका काम पसन्द आया था; इसलिए काम निबटने के दिन मैंने उसकी मज़दूरी का हिसाब कर रुपये देने के साथ ही कुछ रुपये बख़्शीश के तौर पर उसे दे दिये थे। वह ख़ुश होकर गया था।

उसके अगले साल, दीवाली के पहले वह फिर काम की बाबत पूछने आया। काम तो कुछ था नहीं; क्योंकि घर में रँगाई-पुताई का काम तो प्लास्टिक पेंट से बीते ही साल हुआ था। किन्तु वह आ ही गया था, तो मैंने उसे टचिंग-रिपेयरिंग का एक दिन का काम बता दिया था। उसने बड़ी बारीकबीनी से पुट्टी और पेंट से जहाँ-जहाँ ज़रूरत थी, वहाँ टचिंग-रिपेयरिंग का काम किया था। मैंने उस बार भी कुछ बख़्शीश के साथ उसकी मज़दूरी के रुपये दिये थे।

उसके बाद के वर्षों में वह साल-दो-साल बाद दीवाली के आसपास काम की तलाश में यहाँ आता रहा था..."

कहे जाने के बाद, भीतर कुछ पलों के लिए सन्नाटा रहा; फिर कहा गया, "उसके बाद के एक साल इस घर में एक ऐसा दिन आया, जिसने रंगों से सजे-भरे इस घर की चूलें हिलाकर रख दी थीं...इस घर के साथ कुछ-कुछ वैसा ही हुआ था, जैसा किसी हरी-भरी फ़सल पर पाला गिरने के बाद होता है!...जैसे किसी हँसती-खेलती ज़िन्दगी पर अशनिपात हुआ हो!...वरदान जैसे अपना रूप बदलकर अभिशाप बन गया हो!...मेरा वह इकलौता बेटा, जिसे हमने लाड़-प्यार के साथ, हथेलियों पर रखते हुए पाला-पोसा और बड़ा किया था, एक दिन अचानक हमारी पीठ में छुरा भोंककर चला गया था!.."

कहने के बाद भीतर की आवाज़ एक बार फिर डूब गयी थी। भीतर कुछ देर तक सन्नाटा रहा था। उसके बाद कहा गया, "बेटे के चले जाने के कुछ समय बाद ही मेरी पत्नी इस दुनिया से चली गयी थी!...इस प्रकार मेरा घर-परिवार तबाह हो गया था!...पर दुनिया तो हर हाल में चलती ही है...चलती रही...वक़्त गुज़रता रहा...उसके लगभग दो साल बाद दीवाली के क़रीब, सनेही काम की तलाश में यहाँ आया था। तब मेरे लिए स्थितियाँ-परिस्थितियाँ, बीते सालों से बिल्कुल अलग थीं...उस समय मैं अपने घर में अकेलेपन से बेजार था!...तो उस समय आये सनेही को मैंने नयी तरह से देखा था...जब वह यहाँ पहली बार काम करने आया था, तब उसने अपने बारे में बताया था कि उसके परिवार में और कोई नहीं है–वह मुझे याद था; तो उसकी उस स्थिति के बारे में मैंने उससे दरयाफ़्त किया, 'सनेही, क्या तुम अब भी अकेले ही रहते हो?'

'हाँ, बाबूजी!' उसने जवाब दिया था।

‘तुम अपने लिये खाना तो ख़ुद बना लेते होगे?’ मेरा अगला प्रश्न था।

‘हाँ, बाबूजी! ख़ुद ही बना लेता हूँ...और कौन बनायेगा!’ उसने सहजता से कहा।

‘जहाँ तुम रहते हो, वह क्या तुम्हारा अपना घर है?’ मैंने आगे पूछा।

‘नहीं, बाबूजी! किराये की पाटौर है एक...’ उसने बताया था।

उसके बाद मेरे ज़ेहन में अचानक एक कल्पना आकार लेने लगी थी–कल्पना में बनी वह आकृति मेरे अपने अकेलेपन के ख़ात्मे की थी...मैं सनेही के काम करने के सलीके और शऊर से मुतमईन तो था ही...तो मैंने उससे कहा, ‘सनेही, एक-दो दिन काम करने की जगह, क्या तुम इस घर में हमेशा रहना चाहोगे?’

‘क्यों बाबूजी?’ सनेही ने मेरी बात सुनने के बाद हैरत से मेरे मुँह की ओर देखा था।

‘इसलिए कि तुम्हें कहीं-न-कहीं रहने और काम करने की ज़रूरत है; और मुझे किसी आदमी के संग-साथ की!’ मैंने उससे कहा था।

सुनकर वह हैरानी के साथ मेरी ओर देखता रहा था।

मैंने उसे पूरी बात समझाई थी, ‘देखो, बात ऐसी है कि मैं यहाँ...इस घर में अब अकेला हूँ...तो मुझे किसी-न-किसी के संग-साथ की दरकार है...और तुम, काम के लिए इधर-उधर भटकते रहते होगे...कभी काम मिलता होगा, कभी नहीं भी मिलता होगा!...तो अब समझ लो कि तुम्हें यहाँ स्थायी रूप से काम मिल गया... किराये की पाटौर को छोड़कर यहाँ आ जाओ...और इस घर में रहो! मेरे साथ!...मैं तुमसे इस घर में रहने का कोई किराया नहीं लूँगा; और तुम जो इस घर का काम-काज सँभालोगे, उसकी तुम्हें कोई पगार नहीं दूँगा!...घर में रहो...खाना बनाओ, मुझे खिलाओ; ख़ुद खाओ!...यहाँ घर की तरह रहो...घर के सदस्य की तरह! कामगार की तरह नहीं!...तुम्हें किसी के यहाँ रंग-रोगन का काम करने के लिए जाने की कोई ज़रूरत नहीं है!...यहाँ रहो!...मुझे खिलाओ..ख़ुद खाओ...घर के सभी ख़र्चे मैं ही उठाऊँगा...तुम्हें तो इस घर में परिवार के सदस्य की तरह रहना है और इस घर-परिवार को सँभालना है...अगर राज़ी हो, तो बोलो!’

मेरी बात सुनकर सनेही फ़ौरन तैयार हो गया था।

और उसके अगले ही दिन वह किराये की पाटौर छोड़ अपना सामान उठाकर यहाँ–इस घर में रहने आ गया था...

उसके बाद मेरी दुनिया जैसे एक बार फिर आबाद हो गयी थी। सनेही ने घर के सभी काम उसी तरह सँभाल लिये थे जिस तरह घर का कोई सदस्य सँभालता है! घर में किसी चीज़ की कमी तो थी नहीं; बस चीज़ों को सँभालने वाले की कमी

थी जो उसने पूरी कर दी थी! खाना बनाने से लेकर घर की साफ़-सफ़ाई तक; और रसोई के सामान से लेकर सब्ज़ी-भाजी लाने तक हर काम को समय पर करना उसने अपनी रुटीन में शामिल कर लिया था।

तो समय ख़रामा-ख़रामा आगे बढ़ने लगा था...

कुछ समय गुज़रने के बाद सनेही मुझे अपना आत्मीय लगने लगा था; और इसके साथ ही मैं अपने भीतर गोया एक क्षतिपूर्ति के अहसास के साथ लगभग ख़ुश रहने लगा था...

उसी तरह तक़रीबन एक साल बीत गया...

...यहाँ आने के बाद से, मेरा गाँव से राब्ता क़रीब-क़रीब ख़त्म हो चुका था... यदि गाँव से वाबस्ता कुछ बचा रह गया था तो सिर्फ़ इतना कि प्राइमरी स्कूल के दो सहपाठियों से थोड़ा-बहुत संवाद बना हुआ था–पहले पोस्टकार्डों के माध्यम से; और जब से मोबाइल फ़ोन चलन में आ गये थे, तब से उनके ज़रिये! हालाँकि वे दोनों भी गाँव में नहीं; बल्कि गाँव से दूर ही रहते थे–अपना-अपना रोज़गार या जॉब करते हुए...उनमें से एक का नाम सुरेश और दूसरे का नाम श्रीनिवास था...श्रीनिवास तो अक्सर मुझे अपने पास बुलाता रहता था...लेकिन मैं अपने घर-परिवार में कुछ ऐसा खपा हुआ बना रहा कि उसके हर बार के बुलावे को किसी-न-किसी बहाने टालता ही रहा था...पर जब मेरा घर-परिवार न रहा; और स्थानापन्न पारिवारिक सदस्य के रूप में सनेही इस घर में आकर रहने लगा; तभी एक दिन जब श्रीनिवास ने, एक बार फिर मुझे फ़ोन पर बुलावा दिया, तो मैंने मन बना लिया था कि मैं उसके यहाँ जाऊँगा; और उसके कुछ दिनों बाद, सनेही को घर की चाबी सौंपकर मैं श्रीनिवास के यहाँ जाने के लिए रवाना हो गया था...

...मैंने अपने गाँव और शहर के बीच की आवाजाही के अलावा दूरदराज की कोई यात्रा कभी नहीं की थी; इसलिए श्रीनिवास के यहाँ जाने वाली ट्रेन में बैठा हुआ मैं अनेक प्रश्नों और चिन्ताओं से घिरा हुआ था!...पर उस समय मुझे तसल्ली मिली थी, जब श्रीनिवास ने मुझे स्टेशन से ही ले लिया था–कार से। मैं तो पहली ही बार किसी कार में बैठा था। और जब मैं श्रीनिवास के फ्लैट में पहुँचा, तब वहाँ का नज़ारा देखकर दंग था। इतना शानदार घर भी मैंने जीवन में पहली ही बार देखा था... घर पहुँचते ही श्रीनिवास ने मुझे पूरा घर दिखाया था : घर की दीवारें काँच की तरह चिकनी थीं; घर भर में दूधिया–बेदाग़ मार्बल की फ्लोरिंग थी; ड्राइंग-रूम में महँगा कालीन था, सोफ़ा-सेट था, जिसके बीच में तराशे हुए शीशे की गोलाकार सेंटर-टेबल

थी; एक दीवार पर बड़े स्क्रीन का एलईडी टीवी लगा हुआ था; फाल्स-सीलिंग में छिपी हुई रोशनी की बत्तियाँ पूरे रूम में उजास फैलाये थीं; रूम के एक कोने में एक ऐसा लाइटिंग इंस्ट्रूमेंट रखा हुआ था जिसमें से रोशनी किसी फव्वारे की तरह बिखर रही थी! डाइनिंग-रूम में लकड़ी की बनी बेशक़ीमती डाइनिंग टेबल के आसपास उसी से मैच करती कुर्सियाँ थीं। आधुनिक सज्जा और व्यवस्था से लैस दो बेडरूम थे। बड़े आकार का किचनरूम था। एक स्टोर-रूम था। महँगे-चमकते, नये–जैसे दीखते हार्डवेयर से सज्जित बाथरूम था। पूरा घर एयरकंडीशंड था!

घर को दिखाने के बाद श्रीनिवास ने मेरा सामान (बैग आदि) एक बेड-रूम में रखवाया; उसके बाद उसने ड्राइंग-रूम के सोफ़े पर बैठते हुए मुझसे कहा था, 'फ्रेश होना हो, तो हो लो; उसके बाद चाय-नाश्ता कुछ लेते हैं, कहकर उसने स्टोर-रूम की ओर देखते हुए आवाज़ दी, 'मोहन!'

सुनकर एक अधेड़ उम्र मामूली चेहरे-मोहरे वाला व्यक्ति चलकर उसके पास आ खड़ा हुआ, 'जी, सर...'

'कुछ खाने को...और चाय!...पहले प्लेट्स में कुछ नट्स वग़ैरह रख जाओ, और पानी; बाद में चाय लाना!' श्रीनिवास ने उससे कहा।

'जी!' कहकर मोहन नाम से पुकारा गया वह आदमी किचन की तरफ़ चला गया।

मैं बाथरूम से हाथ-मुँह धो फ्रेश होने के बाद आकर श्रीनिवास के पास सोफ़े पर बैठ गया। इसके साथ ही श्रीनिवास ने एक बार फिर मोहन नाम के आदमी को आवाज़ दी। वह आदमी आया और दो प्लेटों में रोस्टेड काजू एवं कुछ बिस्किट रख गया; बाद में पानी के दो गिलास भी!...मैंने देखा था, उसी आदमी ने घण्टी बजाने पर फ्लैट का दरवाज़ा खोला था। मैं थोड़ी देर तक सोचता हुआ चुपचाप रहा; फिर मैंने श्रीनिवास के मुँह की ओर देखते हुए कहा, 'ये कौन है?' मेरा इशारा मोहन की तरफ़ था।

'सर्वेंट है!' श्रीनिवास ने फ़ौरन कहा।

उसके बाद मैं कुछ देर तक फिर चुप रहा; फिर बोला, 'घर के और लोग कहाँ हैं?...मेरा मतलब बाल-बच्चे...?'

'कौन-से बाल-बच्चे?' कहकर श्रीनिवास ने मेरी ओर देखा था।

'तुम्हारे?' मैंने कहा था।

सुनकर श्रीनिवास ने कुछ पलों तक मेरी आँखों में देखा, फिर कहा, 'यार! किस ज़माने में जी रहे हो तुम आज भी!...बाल-बच्चे...अरे, जब मैंने शादी ही नहीं की, तो बाल-बच्चे कहाँ से आयेंगे!'

यह सुनकर मैंने हैरानी के साथ श्रीनिवास की तरफ़ देखा और कहा, 'तो तुम अकेले रहते हो अभी तक?'

'कमाल है!' श्रीनिवास ने कहा, 'अकेले रहते हो का, क्या मतलब है...?' कहकर उसने टेबल पर रखी प्लेट से उठाकर काजू मुँह में डाल लिया; और प्लेट की तरफ़ इशारा करते हुए मुझसे कहा, 'लो!'

मैं प्लेट से काजू उठा उसको मुँह में डालकर चबाने लगा। अलबत्ता मेरे भीतर एक सवाल लगातार घुमड़ता रहा, जिसे मैंने अन्ततः ज़ुबान पर ले ही लिया, 'बिना औरत और बच्चों के घर-परिवार तुम्हें अधूरा नहीं लगता श्रीनिवास?'

'ह्वाट रबिश घर-परिवार!' श्रीनिवास ने मेरी तरफ़ देखते हुए तल्खी से साथ कहा, "क्या अधूरा लग रहा है तुम्हें इस घर में?...देखकर बताओ तो!' कहकर उसने पूरे ड्राइंग-रूम में निगाह फेरी, 'क्या कमी दिख रही है तुम्हें इस घर में?... देख तो रहे हो...काम करने को सर्वेंट है, खाना बनाने मेड-सर्वेंट आती है...और...'

इसी बीच मोहन नाम का सर्वेंट ट्रे में चाय के दो बड़े-बड़े कप लेकर आया; और टेबल पर रखकर चला गया।

'लो, खा लो कुछ!...रास्ते में तो कुछ खाने को मिला न होगा, 'श्रीनिवास ने मुझसे कहकर प्लेट से बिस्किट उठा लिया।

सुनकर मैंने कुछ बिस्किट, कुछ स्नैक्स खाये; फिर पानी पिया।

उसके बाद हम दोनों चाय पीने लगे थे।

'शाम को मेड सर्वेंट आयेगी खाना बनाने...क्या खाना चाहोगे?' श्रीनिवास ने मेरी ओर देखा था।

'कुछ भी...जो भी बनता हो...और कुछ ख़ास नहीं!' मैंने कहा।

शाम को मेड आई, तो श्रीनिवास ने उसे खाने की बाबत बताया।

रात को खाना खाकर निबटने के बाद, श्रीनिवास ने मुझसे कहा, 'थके होगे, इसलिए आराम करो अभी...कल पूरी फुरसत में रहेंगे, बातें होंगी, कहीं घूमने-फिरने भी चलेंगे...ओके!...गुडनाइट!' कहकर वह अपने बेडरूम में चला गया।

उसके बाद मैं भी अपने बिस्तर पर जाकर, कुछ देर तक अजीब तरह के सवालों से घिरा रहा; अन्ततः मेरी आँखें झपकीं, तो सवेरे ही खुली थीं।

सवेरे नहा-धोकर निबटने के बाद मैं तैयार दिखा, तो नाश्ते के टेबल पर बैठे श्रीनिवास ने मुझसे कहा, 'आ जाओ...नाश्ता ले लो!'

मैं नाश्ते की टेबल पर पहुँच गया था।

श्रीनिवास ने मेरी तरफ़ देखा, 'नींद आयी?'

'हाँ, नींद तो आयी...लेकिन आज एक बड़ा ही विचित्र सपना देखा!' मैं तब तक रात में देखे सपने से मुक्त नहीं हो सकता था।

'सपना?' श्रीनिवास ने कहा।

'हाँ!' मैंने जवाब दिया।

'सपनों का क्या है! आते ही हैं!' श्रीनिवास ने लापरवाही के साथ कहा।

'नहीं यार...यह सपना तो साँसें घोंट देने वाला था!' मैंने उससे कहा था।

'ऐसा क्या दिख गया?' श्रीनिवास ने उत्सुकता दिखाई।

मैंने उसकी ओर देखते हुए बताया, 'देखा...कि घर पर हूँ...अपने घर पर... छत के ऊपर...और क्या था कि छत की मुंडेर से एक रोप बँधी थी, जो क़िले तक पहुँचती थी...उस क़िले तक, जिसमें देखने को बहुत सारे मॉन्यूमेंट्स थे...तो मैंने सोचा कि चलो, क़िले को घूमा जाये; और मैं घर की छत की मुँडेर से बँधी रोप के ज़रिये उस क़िले को देखने चल दिया–रोप से लटक कर...वैसे ही जैसे रोप के सहारे ट्रॉली के माध्यम से पर्यटक लोग जाते हैं!...और फिर उस रोप के सहारे लटककर मैं जहाँ पहुँचा, वहाँ हज़ारों फीट गहरी खाइयों, ऊबड़-खाबड़ गड्ढों और काँटेदार झाड़ियों से भरी ऐसी जगह थी कि पैर रखते ही खाई या गड्ढे में समा जाने का ख़तरा था!...वहाँ कोई मॉन्यूमेंट नहीं था, सिवाय गहरी खाइयों और ऊबड़-खाबड़ गड्ढों और कँटीली झाड़ियों के!...वहाँ यह सब देखकर मैं परेशान हो गया!...मैं वापस अपने घर लौटना चाहता था। पर मुश्किल यह थी कि वह रोप ग़ायब थी, जिसके ज़रिये मैं वहाँ तक पहुँचा था...और मुझे घर लौटने के लिए कोई रास्ता भी नहीं दीख रहा था!...मेरी समझ में नहीं आ रहा था कि क्या करूँ!...उसके बाद मैंने सोचा कि किसी को मदद के लिए बुला लूँ, ताकि अपने घर पहुँच सकूँ...मैंने अपनी जेब से मोबाइल फ़ोन निकाल कॉल करने के लिए कॉन्टेक्ट-लिस्ट देखी, तो उसमें एक भी नाम और नम्बर न था! उसके बाद मैंने डायल्ड-कॉल-लिस्ट देखी, तो उसमें भी कोई नाम-नम्बर न था; फिर रिसीव्ड-कॉल्स-लिस्ट देखी, मिस्ड-कॉल्स-लिस्ट देखी–कहीं कोई नाम-नम्बर नहीं था! सब जगह ब्लैंक! ख़ाली! मैंने फ़ोन का नेटवर्क देखा–नेटवर्क था नहीं! पर नेटवर्क न रहने से फ़ोन की कॉन्टेक्ट-लिस्ट या डायल्ड-कॉल्स, रिसीव्ड-कॉल्स, मिस्ड-कॉल्स की लिस्टें तो ग़ायब नहीं होती हैं!... मैं अब क्या करूँ?...मैं परेशान था! मैं अपने घर किस तरह लौटूँ?...उस वक़्त मैं अपने आपको एक ऐसी भूलभुलैया में फँसा पा रहा था जिसमें से निकलने का कोई रास्ता मुझे नहीं सूझ रहा था! मैं सँभाल-सँभालकर पैर रखता हुआ चारों ओर देख रहा था! पर वहाँ कोई नहीं था! इन्सान तो क्या, कोई परिन्दा तक नहीं! कोई आवाज़ नहीं! कोई आहट नहीं! बस, गहरी खाइयों के बीच एक सूना-डरावना सन्नाटा था!

मैं इस आस में चारों ओर निगाह दौड़ा रहा था कि कोई दिखे तो उसे मदद माँगूँ! पर वहाँ कोई भी दिखाई नहीं दे रहा था। मैं हैरान-परेशान पछता रहा था कि मैंने उस जगह आने की बात सोची ही क्यों! और क्यों रोप से लटककर वहाँ पहुँचकर घूमने का मन बनाया!...उसके बाद मुझे लगने लगा कि मैं उस भूलभुलैयानुमा जगह से कभी वापस अपने घर नहीं लौट पाऊँगा!...तभी मुझे सामने से एक बच्चा साइकल चलाकर आता दिखा। वह मेरी ही तरफ़ आ रहा था। वह बच्चा जैसे ही मेरे पास पहुँचा, तो मैंने उसे अपनी परेशानी बताई, 'बेटा, क्या तुम्हें यहाँ से बाहर जाने का रास्ता मालूम है?...मुझे अपने घर लौटने के लिए रास्ता नहीं मिल रहा है! मैं शहर में रहता हूँ, पर मुझे वहाँ पहुँचने के लिए रास्ता ही नहीं दिखाई दे रहा! क्या तुम्हें शहर को जाने वाला रास्ता मालूम है?'...यह सुनकर उस बच्चे ने कहा, 'हाँ, अंकल!... आइए, मेरी साइकल पर बैठ जाइए...मैं आपको शहर जाने वाले रास्ते तक पहुँचा देता हूँ...बैठ जाइए कैरियर पर!'...सुनकर मेरी ख़ुशी का ठिकाना नहीं रहा!...उसके बाद श्रीनिवास! मुझे इतनी उतावली थी कि मैं फ़ौरन से पेश्तर उस बच्चे की साइकल के कैरियर पर बैठ गया...वह बच्चा मुझे अपनी साइकल पर बैठाये आगे बढ़ रहा था। कुछ देर बाद उसने पीछे मुड़कर, साइकल के कैरियर पर बैठे मुझे देखा; और इसके साथ ही उसने अपने एक हाथ का धक्का देकर मुझे खाई की अनन्त गहराई में गिरा दिया!...और ठीक उसी समय मेरी आँख खुल गयी! उस समय मैंने पाया कि मेरा सारा शरीर पसीने से तरबतर हो रहा था!...तो यह था वह सपना!' कहकर मैंने श्रीनिवास की आँखों में देखा था।

'सपने तो ऐसे ही अजीब होते हैं।' श्रीनिवास ने लापरवाही के साथ कहा, 'लो, नाश्ता लो!'

मैंने देखा, हाउसमेड टेबल पर दो प्लेटें रख रही थी–किशमिश और काजू-पीस पड़े पोहों की प्लेटें। पानी के गिलास उसने पहले ही टेबल पर रख दिये थे।

श्रीनिवास प्लेट पर गोया टूट पड़ा–जैसे कई दिनों का भूखा हो!

मैंने भी प्लेट अपने सामने सरका ली थी।

थोड़ी देर में मेड चाय के कप रख गयी थी।

मैं श्रीनिवास के साथ चाय पी रहा था; पर मेरे ज़ेहन में अभी रात में देखा सपना ही मौजूद था।

'और सुनाओ...क्या हाल-चाल हैं तुम्हारे?' चाय की चुस्की लेते हुए श्रीनिवास ने अचानक मुझसे कहा।

सुनकर मैं जैसे नींद से जागा। मैंने अपने-आपको सपने की गिरफ़्त से छुड़ाते हुए, कुछ कहने से पहले सोचा कि जिस व्यक्ति ने अपने लिए अकेलेपन को किसी

सुख की तरह चुना हो और जो बाल-बच्चों एवं घर-परिवार के बारे में पूछने पर, 'ह्वाट रबिश घर-परिवार!' कहता तो, उसे मैं अपने हाल-चाल क्या बताऊँ! हालाँकि मैं तो संसार की हर शय को अपना हाल-चाल बताकर अपने दिल पर रखा अकूत भार कुछ कम कर लेना चाहता था...मैंने तो उस चिड़िया को भी बता देना चाहा था, जो मुझे बीते दिन श्रीनिवास के यहाँ पहुँचने के लिए ट्रेन का इन्तज़ार करते हुए रेलवे-प्लेटफॉर्म पर मिली थी...उस समय मैं प्लेटफॉर्म की बेंच पर बैठा हुआ ट्रेन की राह देख रहा था। अन्य तमाम लोग भी प्लेटफॉर्म पर खड़े-बैठे-चहलक़दमी करते हुए–अपनी-अपनी यात्रा की ट्रेन का इन्तज़ार करते मौजूद थे। लोगों की उस गहमा-गहमी के बीच प्लेटफॉर्म पर वह चिड़िया मुझे दिखाई दी थी। प्लेटफॉर्म पर लोगों की आमदोरफ़्त एवं उपस्थिति के बीच उस चिड़िया के होने ने मुझे एकबारगी तो हैरान किया था; किन्तु उसके बाद मैंने जो कुछ देखा, उसे देखकर मेरी हैरानी की जगह सहजता ने ले ली थी–मेरी आँखों के सामने हुआ यह था जिस बेंच पर मैं बैठा हुआ था, उसके ठीक सामने की ज़मीन पर दो लड़के आकर बैठ गये थे। बैठने के बाद उनमें से एक ने 'पारले-जी' बिस्किट का एक पैकेट खोला; उसके बाद दोनों मिल-बाँटकर उस पैकेट के बिस्किटों को ख़ाने लगे; और बिस्कुटों को खा लेने के बाद वे वहाँ से उठकर चले गये थे। उनके द्वारा ख़ाली हुई जगह पर पड़े रह गये थे बिस्किट का रैपर और बिस्किट के कुछ टूटे हुए छोटे टुकड़े! उसी समय मैंने देखा कि लोगों की उपस्थिति के बीच, कुछ दूर पर एक चिड़िया इन्सानों की तरह पैरों से चलती हुई आ रही थी। वह उस समय डरी हुई लग रही थी और चौकन्नी भी...वह उस चौकन्नेपन के साथ प्लेटफॉर्म की ज़मीन पर एक-एक पैर उठाती हुई आगे बढ़ रही थी कि कोई उसे देख तो नहीं रहा है! और उसी तरह चलती हुई वह उस जगह पर आ पहुँची, जहाँ बिस्किट के टुकड़े पड़े हुए थे...मैं देख रहा था कि उस चिड़िया ने वहाँ पड़े हुए बिस्किट के टुकड़ों में से एक बड़ा-सा टुकड़ा अपनी चोंच में ले लिया। उसके बाद ठीक उसी प्रकार वह वापस चलने लगी जिस प्रकार चल कर आयी थी। और मैंने देखा कि प्लेटफॉर्म पर चलती हुई वह प्लेटफॉर्म की एक दुकान के खोखे की बग़ल की उस जगह पर जा पहुँची, जहाँ उसके दो छोटे-छोटे चूजे थे। चूजों ने उसके पहुँचते ही अपने मुँह खोल दिये; और उस चिड़िया ने अपनी चोंच में दबे बिस्किट के टुकड़े को फोड़कर अपने मुँह खोले बैठे बच्चों के मुँहों में डाल दिया था!...यह देखकर मैं सोचने लगा था कि वह पेरेंटल ज़िम्मेदारी का निर्वाह था जिसे उस चिड़िया ने किया था–ठीक वैसे ही जैसे मनुष्य सहित संसार का हर जीवधारी करता है! और यह सोचते हुए मैं अपने अतीत में जा पहुँचा!...यदि वह चिड़िया मेरी बात सुन-समझ

पाती तो उस वक़्त मैं उसे भी अपनी आपबीती और अपने हाल-चाल बताना चाहता था!...मैं तो संसार के हर एक उस प्राणी को अपने बारे में बताना चाहता था जो घर-परिवार और बाल-बच्चों वाला हो! पर मैं उस व्यक्ति को अपने हाल-चाल क्या बताता, जो घर-परिवार के सवाल के जवाब में 'ह्वाट रबिश घर-परिवार!' कहता हो!...

मेरी और श्रीनिवास की उम्र तक़रीबन बराबर थी। हम तब तक पचपन के आसपास के हो गये थे।...गाँव के स्कूल में साथ-साथ पढ़ने के बाद, हमारे रास्ते अलहदा हो गये थे। आगे की पढ़ाई हमने अलग-अलग की थी; और अपनी पढ़ाई पूरी करने के बाद श्रीनिवास सीढ़ी-दर-सीढ़ी आगे बढ़ता हुआ एक बहुराष्ट्रीय कम्पनी में पहुँच गया था; तथा मैंने एमए कर लेने के बाद घर-गृहस्थी का रुख किया था। नतीजन, जब मेरी उम्र बाईस साल के आसपास थी तब मेरी शादी हो गयी थी।

उन दिनों शादी एक दुनियावी दस्तूर के साथ ही सांसारिकता की शुरुआत के एक उत्सव की तरह होती थी। मेरी शादी भी उसी तरह हुई। घर में महीनों तक उत्सवी माहौल रहा था। परिजन-स्वजन-सम्बन्धीजन महीनों तक उस उत्सव की ख़ुशी में सराबोर बने रहे थे। उसी हाल में धीरे-धीरे एक वर्ष बीत गया था।

फिर एक और वर्ष निकल गया यानी शादी को हुए दो वर्ष हो गये थे।

शादी को हुए दो वर्ष बीतने के बाद के दिन घर-परिवार के लिए चाहनाओं के दिन थे—आदिम और नैसर्गिक चाहनाओं के दिन—उन चाहनाओं के दिन, जिनके होने के कारण ही सृष्टि की यात्रा आगे बढ़ती है!...मेरी माँ की वह नैसर्गिक-आदिम चाहना गाहे-बगाहे उनकी ज़ुबान पर आ बैठती थी—अपने बेटे की सन्तान का मुँह देखने की चाहना! अपनी विरासत को आगे बढ़ते देखने की चाहना! मेरी माँ जब-तब किसी औरत से बातचीत के दौरान अपनी वह इच्छा खुलकर प्रकटकर देती थी! और सच तो यह था कि ख़ुद मैं भी अपनी औलाद पाने की इच्छा को अपने भीतर महसूस करता था...

तो घर-परिवार की उन चाहनाओं के बीच समय धीरे-धीरे आगे बढ़ता गया... तीसरा साल बीता, चौथा बीता, उसके बाद पाँचवाँ भी। पर मेरी और मेरी माँ की चाहना अभी तक पूरी नहीं हुई थी। इस बीच एक और चाहना खुलकर हमारी चाहनाओं में शामिल हो गयी थी—मेरी पत्नी की चाहना!

परन्तु बेआवाज़ गुज़रते वक़्त के साथ वे सभी चाहनाएँ धीरे-धीरे कुम्हलाने और मुरझाने लगी थीं।

और उन मुरझाती-कुम्हलाती चाहनाओं के साथ नौ सालों का वक़्त बीत गया... इस दरमियान गण्डे-ताबीज़ हुए, वैद्य-हकीम हुए, मन्त्र-भभूत हुए, डॉक्टरी जाँचें-पड़तालें भी हुईं...पर वे नौ साल तो कुल मिलाकर बेनतीजा ही रहे!

पर, उसके बाद का यानी शादी का दसवाँ साल मेरे परिवार के लिए गोया ख़ुशियों का ख़ज़ाना लेकर आया था–उस साल मेरी पत्नी उम्मीद से पायी गयी! उस उम्मीद ने मेरी, मेरी पत्नी और मेरी माँ के चेहरों पर रौनकें बिखेर दी थीं!

वे रौनकें तब हज़ार गुना हो गयी थीं, जब मेरी पत्नी ने एक बेटे को जन्म दिया था! बेटा! यानी ख़ानदान का वारिस! परिवार को खानदान का वारिस; दादी को पोता; और मुझे एवं मेरी पत्नी को बेटा मिला था! तब मैंने और मेरे परिवार ने अपनी ख़ुशी का मुज़ाहिरा उन सब तरीक़ों से किया था, जिनसे किया जा सकता था!...

आगे के समय में परिवार का बेटा धीरे-धीरे बड़ा होता रहा; और अपने बड़े होते वजूद के साथ परिवार की ख़ुशियों को बढ़ाता रहा। वह सबकी आँखों का तारा था। उसकी शक्ल-सूरत भी ऐसी निकली थी कि जिस पर मासूमियत और भोलेपन की छायाएँ साफ़ दिखाई देती थीं। वह घर भर का लाड़ला था। अपने भोले और मासूम चेहरे के कारण वह घरवालों को तो क्या, बाहर वालों को भी अपना बना लेता था।...जैसा कि मैंने पहले बताया, उसकी शिक्षा के लिए हम शहर आ गये... जब वह छह वर्ष का हुआ, तब मैंने उसका स्कूल में दाख़िला करा दिया था। पढ़ाई में वह बहुत तेज़ निकला। भोली सूरत, पर कुशाग्र बुद्धि! चीज़ें फटाफट यादकर लेता!...समय के साथ स्कूल के दर्जा-दर-दर्जा आगे बढ़ता हुआ वह हाई स्कूल में पहुँच गया। उस समय उसकी उम्र चौदह साल हो गयी थी। तब भी उसके चेहरे पर मासूमियत और भोलाई बरकरार थी। घर के लोग उसे देख-देखकर उस पर अपनी जान छिड़कते थे–उसकी दादी विशेष तौर पर उस पर अपना लाड़ लुटाती रहती थी।...

जिस वर्ष में उसने हाई स्कूल पास किया, उसी वर्ष उसकी दादी एक दिन अचानक दुनिया को अलविदा कह गयी! जैसे वह तब तक अपने पोते को बड़ा होते देखने के लिए ही रुकी हुई हो; और अपनी प्रतीक्षा के पूरी होते ही कूच कर गयी हो!

अपनी माँ के 'प्रस्थान' के बाद के दिनों में मुझे अक्सर अहसास बना रहा कि इन्सान का जीवन भी कितना अस्थिर और भंगुर है कि कुछ समय पहले वह अपनी देह और प्रज्ञा के साथ दुनिया में मौजूद होता है और अगले ही समय के किसी छोटे से अंश के भीतर अचानक दुनिया से नदारद हो जाता है! मुझे तब किसी कवि का वह कथन याद आता, 'पानी केरा बुदबुदा अस मानुस की जात!' साथ ही मुझे स्मरण हो आता था 'महाभारत' के यक्षप्रश्न 'किमाश्चर्यम्?' का युधिष्ठिर द्वारा दिया गया

उत्तर भी...मुझे लगता था कि युधिष्ठिर ने जिस 'स्थिति' को आश्चर्य कहा है, वह 'स्थिति' ही इस संसार को क़ायम रखने और बेहतर बनाने में मदद करती है!... उन्हीं दिनों मुझे समय का असल महत्त्व समझ में आया था–समय का यह महत्त्व कि वह जब गुज़र जाता है तो उसे किसी भी क़ीमत पर वापस नहीं लाया जा सकता! इसीलिए मनुष्य को जो समय मिला होता है उसका छोटे-से-छोटा अंश भी बहुत महत्त्वपूर्ण होता है; क्योंकि समय के किसी छोटे-से अंश में मनुष्य से, सदा-सदा के लिए दूर चला गया इन्सान उसे फिर कभी वापस नहीं मिल सकता!...उन दिनों मुझे कभी-कभी अफ़सोस घेर लेता था; और तब मैं सोचता था कि काश, मुझे अपना ही जीवन एक बार फिर नये सिरे से जीने को मिल जाये! तब मैं, उस दोबारा जीने के लिए मिले जीवन में, वह सब अवश्य करना चाहूँगा, जिसे न कर पाने का मुझे पछतावा है और...

बहरहाल, मेरे सोचने और चाहने से कुछ नहीं हुआ। समय तो अपनी फ़ितरत के अनुसार आगे ही बढ़ता रहा।...इस बीच मेरे बेटे ने हायर सेकेंडरी पास कर लिया था। उसके बाद बिजनेस एडमिनिस्ट्रेशन से ग्रेजुएशन करने के लिए कॉलेज में एडमिशन लिया; और बीबीए का पहला साल भी क्लियर कर लिया था।

बेटा जब ग्रेजुएशन के दूसरे वर्ष में पहुँच गया तब मैंने उसके लिए मोटरसाइकल ख़रीद दी थी; ताकि उसे कॉलेज जाने-आने में सुविधा रहे। उससे पहले वह साइकल से ही कॉलेज जाता-आता था। मोटरसाइकल की माँग उसने नहीं की थी। वह तो तब तक अपनी ज़रूरत की किसी भी चीज़ की माँग नहीं करता था। कॉलेज-गोइंग उम्र के बावजूद, तब तक उसके चेहरे और एटीट्यूड में उतना ही भोलापन था, जितना बचपन में था!..उन दिनों मुझे ही लगने लगा था कि कॉलेज जाने वाले लड़के के पास जाने-आने के लिए मोटरसाइकल तो होनी ही चाहिए। तो मैंने ख़रीद दी थी।

बेटे ने तब तक कभी-कोई मोटरसाइकल नहीं चलाई थी–वह मोटरसाइकल चलाना नहीं जानता था। तो मोटरसाइकल ख़रीद देने के बाद मैंने ही उसे चलाना सिखाया था। लगभग हफ़्ते भर के ड्राइविंग-अभ्यास के बाद वह मोटरसाइकल चलाना सीख गया था। उसके बाद वह रोज़ मोटरसाइकल से ही कॉलेज जाने लगा था। परन्तु मुझे, उसके बच्चे–जैसी मासूमियत के कारण उसके बारे में हमेशा फ़िक्र बनी रहती थी। इसलिए मैंने उसके लिए एक छोटा मोबाइल फ़ोन ख़रीद दिया था; ताकि उससे किसी भी समय सम्पर्क में रहा जा सके! मोबाइल फ़ोन उसके हाथ में देते हुए मैंने उसे हिदायत दी थी कि घर से कॉलेज पहुँचने पर; और कॉलेज से घर के लिए चलने से पहले वह मिस्ड कॉल कर दिया करे। उस हिदायत के पीछे मेरी मुराद, उसके मोटरसाइकल चलाने के दौरान की ख़ैरियत से वाक़िफ़ रहने की थी।

मेरी हिदायत का पालन करते हुए वह रोज़ाना कॉलेज पहुँचते ही मुझे मिस्ड कॉल कर देता था; और उसके बाद मैं मुतमइन हो जाता था कि वह सही-सलामत कॉलेज पहुँच गया; एवं कॉलेज से घर के लिए चलने से पहले भी मिस्ड कॉल कर देता था और तब मैं उसके घर पहुँचने का इन्तज़ार करने लगता था। यह सिलसिला कुछ महीनों तक बेनागा चलता रहा था। उसके बाद के दिनों में मेरे ज़ेहन में लगभग निश्चिन्तता क़ायम हो गयी थी कि मेरा बेटा मोटरसाइकल ठीक से चलाना सीख गया है.!...

परन्तु उसके बाद; कुछ समय बीतने के बाद, एक दिन अचानक मेरे सामने एक ऐसा मंजर आ उपस्थित हुआ कि जिसकी मैंने कभी कल्पना भी नहीं की थी...

...उस दिन क़रीब साढ़े ग्यारह बजे टेबल पर रखा मेरा मोबाइल फ़ोन एक के बाद एक कई बार बजा था। मैं उस समय अपने काम में लगा हुआ फ़ोन से दूर था। मैं उस समय मिट्टी के एक शिल्प को बनाने में लगा हुआ था। बेशक मैं बार-बार बजते फ़ोन की आवाज़ सुन पा रहा था; परन्तु अपने हाथ के काम के चलते उन फ़ोन-कॉल्स को ज़्यादा महत्त्व नहीं दे रहा था। किन्तु जब फ़ोन पर एक के बाद एक लगातार कॉल आते ही रहे; तब मिट्टी से सने हाथ धोकर मैं फ़ोन के पास पहुँचा; और मैंने फ़ोन उठा कान से लगा कर 'हेलो!' कहा; तो दूसरी ओर से मैंने सुना, 'अंकल, आप जल्दी से हॉस्पिटल आ जाइए...!'

हॉस्पिटल का नाम सुनते ही एकबारगी जैसे मेरा दिल बैठने लगा था; और मेरी आवाज़ घबराहट की थरथराहट के साथ निकली थी, 'क्या हुआ...?'

'अंकल,...ऐक्सीडेंट हो गया है...आप जल्दी-से हॉस्पिटल आ जाइए...' जवाब था।

'हॉस्पिटल...कहाँ...?' मैंने लगभग बदहवासी के साथ कहा था।

'अंकल, इमरजेंसी में!' जवाब मिला था।

'मैं अभी आ रहा हूँ...' मैंने टूटती आवाज़ में कहा था।

उसके बाद मैं स्कूटर उठाकर हॉस्पिटल की ओर दौड़ा था...

कुछ ही देर में हॉस्पिटल पहुँचकर मैंने देखा कि मेरा बेटा स्ट्रेचर पर था–ख़ून से लथपथ! उसका पूरा चेहरा खून से रँगा और कटा-फटा हुआ था और उसके कपड़े ख़ून से तर हो रहे थे! अपने बेटे के जिस मासूम चेहरे को मैं देखता आया था, उसके बरअक्स उसे उस हालत में देखकर मेरा बुक्का फूट पड़ा था, 'यह क्या हो गया!..' स्ट्रेचर पर ख़ूनमख़ून हुए पड़े अपने बेटे की हालत देखकर मेरी आँखों में आँसुओं का सैलाब और आवाज़ में क्रन्दन था। मुझे दहाड़ें मार कर रोते हुए

वहाँ मौजूद लोग देख रहे थे। पर उस वक़्त मुझे न अपनी हालत की परवाह थी; न ही किसी के देखने की! मेरा उस वक़्त सरेआम रोना तो किसी अपने की पीड़ा के अहसास का बयान था! मनुष्य जब ख़ुद अपनी पीड़ा को भोगता है, तब तो रोता ही है; वह तब भी रोता है, जब किसी अपने या पराये की पीड़ा को महसूस करता है! जो मनुष्य किसी और की पीड़ा को महसूस नहीं करता, वह रो भी नहीं सकता; और जो दूसरे की पीड़ा को महसूस नहीं कर पाता, उसका 'मनुष्य' होना सन्देह के घेरे में घिर जाता है! दरअसल, रोना मनुष्य होने की निशानदेही करता है; पशुओं को तो कभी रोते हुए नहीं देखा जाता!...

जिस वक़्त मैं पहुँचा था, तब स्ट्रेचर पर ख़ून से लथपथ मेरे बेटे के चेहरे, सिर और हाथ-पैरों का मुआइना एवं शुरुआती उपचार एक डॉक्टर कर रहा था। उसका सहयोग एक नर्स कर रही थी। वे उसके चेहरे, नाक, ठोड़ी, कानों के आसपास से बह रहे ख़ून को रुई से साफ़ करते हुए, उन जगहों पर दवा एवं बैंडेज़ लगा रहे थे, जिन पर ज़ख़्म थे!

उसके बाद उसे सीटी स्कैन के लिए ले जाया गया था–यह पता लगाने के लिए कि कहीं उसके सिर के भीतरी हिस्सों में कोई गम्भीर चोट तो नहीं है!

सीटी स्कैन की रिपोर्ट न आने तक मैंने अपने आपको एक ऐसे अहसास के साथ पाया था, जिसमें अनिश्चय का अँधेरा था और बेबसी की पीड़ा थी!

पर सीटी स्कैन की रिपोर्ट मेरे लिए गनीमत की तरह आई कि उसके सिर के अन्दरूनी हिस्से में कोई गम्भीर चोट नहीं पायी गयी थी! अलबत्ता मुँह के भीतर एक ऑपरेशन की तत्काल ज़रूरत बतायी गयी थी!

सीटी स्कैन-रूम से उसे सीधे ऑपरेशन थियेटर में ले जाया गया था; और तक़रीबन दो घण्टे तक चले ऑपरेशन के बाद पोस्ट-ऑपरेटिव-वार्ड के बेड पर पहुँचा दिया गया था। उस वक़्त वह होश में नहीं था; और उसे सिलेंडर से ऑक्सीजन दी जा रही थी तथा लटकती थैली से ब्लड भी दिया जा रहा था एवं इंट्रावीनस दवाइयाँ दी जा रही थीं।

उसे उस हालत में बेड पर देख-देखकर मेरी आँखों से आँसू रोके नहीं रुक रहे थे। सवेरे देखे उसके स्वस्थ चेहरे और शरीर के बरअक्स, उसकी नाक पर लगा ऑक्सीजन मास्क और हाथ पर लगे कैनुला से जुड़ी ब्लड और दवाइयाँ पहुँचाती नलियों का दृश्य मुझे बार-बार विचलित किये दे रहा था!

रात भर मैं अपने बेटे के बेड के पास बैठा रहा था–लगातार उसकी तरफ़ देखता हुआ। उस (पोस्ट-ऑपरेटिव) वार्ड के अन्य बेडों पर लेटे मरीजों के अटेंडर रात गहराते ही बेडों के बग़ल की ज़मीन पर चटाइयाँ-चादरें बिछा कर सोये हुए थे।

पर मेरी तो आँखों से नींद उड़ी हुई थी।...मैं पूरी रात बिना एक पल सोये बेटे के बेड के बग़ल में स्टूल पर बैठा रहा था...

भोर का झुटपुटा हो रहा था; और मैं स्टूल पर बैठा, बेड पर बिना हिले-डुले लेटे अपने बेटे को देख रहा था। तभी मुझे हॉस्पिटल-परिसर के सन्नाटे में किसी चिड़िया के बोलने की आवाज़ सुनाई दी थी; और उसके थोड़ी ही देर में पास के किसी वार्ड से कुछ कातर-क्रन्दन की आवाज़ें सुनाई देने लगी थीं–वे आवाज़ें ऐसी थीं, जैसे किसी मनुष्य-समूह के क्रन्दनपूर्ण रुदन का अचानक बाँध टूट गया हो! मैं समझ पा रहा था कि अस्पताल के किसी वार्ड से, झुटपुटे की सन्नाटे से भरी फ़िज़ा में अचानक उठी वे करुण-कातर आवाज़ें किसी अपने के हमेशा-हमेशा के लिए चले जाने की व्यथा से उपजी आवाज़ें थीं! आवाज़ों का वह कोलाहल देर तक मुझे सुनाई देता रहा था। उसके बाद धीरे-धीरे मन्द पड़ता गया था।...मैं जानता था कि कुछ चीज़ें इन्सान के वश में नहीं होतीं; और उसकी बेबसी उसे चुपचाप कड़वे घूँट पी जाने के लिए मजबूर कर देती हैं...थोड़ी देर पहले सुनाई दीं दिल को चीर कर रख देने वाली आवाज़ें लगभग बेआवाज़ हो चुकी थीं; परन्तु मेरे दिलोज़हन में वे आवाज़ें मौजूद थीं!...मैंने स्टूल से झुककर, बेड पर स्थिर लेटे अपने बेटे के शरीर पर हाथ फेरा था; और ग़ौर से उसके चेहरे को देखा था; ऑक्सीजन-मास्क लगा उसका बन्द आँखों वाला चेहरा स्थिर था। मैंने वार्ड में जलते बल्ब की पीली रोशनी में निस्पन्द पड़े उसके शरीर को एक बार फिर देखा था; उसके बाद उसकी कलाई पर अपनी हथेली रखी थी। मुझे उसकी कलाई की गरमाहट महसूस हुई–उससे मुझे तसल्ली का अहसास हुआ था...

...सवेरा होने के बाद, वार्ड में चहल-पहल शुरू हो गयी थी...राउंड के लिए डॉक्टरों-नर्सों की आमद हुई...क्रम से एक-एक मरीज के चेकअप के बाद मेरे बेटे का नम्बर आया। उसके शरीर के अलग-अलग हिस्सों का चेकअप किया गया; कलाई थाम कर नाड़ी की गति जाँची गयी; आला लगाकर दिल की धड़कनें समझी गयीं; उसके बाद 'कार्ड' पर कुछ नयी दवाइयाँ जोड़ी गयीं; ब्लड और ड्रिप जारी रखने की हिदायत दी गयी...

पर मैं एक अँधेरे में था; क्योंकि मेरा बेटा होश गँवाये हुए, अस्पताल के बेड पर पूर्ववत बेहरकत लेटा हुआ था–आँखें बन्द किये!

मैं, बेटे के पोस्ट-ऑपरेटिव-वार्ड में आने के बाद से उसके बेड के पास ही रहा था। मैंने बीते दिन से कुछ भी खाया न था–मेरी तो भूख जैसे मर गयी थी! मेरी तो उस वक़्त एक ही चाहना थी–अपने बेटे के जल्द आँखें खोल देने और ठीक होने की चाहना!...

दोपहर का समय हो गया था। मैं स्टूल पर बैठा, अभी अपने बेटे की ही तरफ़ देख रहा था कि अचानक मुझे लगा कि मेरे बेटे का एक हाथ हिला था; फिर उसके पैरों में भी कुछ हरकत हुई थी; उसके बाद उसकी आँखें अधखुली-सी हुई थीं...और देखते-देखते उसने अपनी आँखें खोल दी थीं! वह देखकर मेरी ख़ुशी का ठिकाना न रहा। मैंने अपने बेटे को उसका नाम लेकर पुकारा...उसके मुँह-नाक पर ऑक्सीजन मास्क लगा हुआ था; इसलिए वह बोल तो नहीं सका; पर नाम सुनकर उसने मेरी ओर देखा था। मैं उसकी देह पर हाथ फेरते हुए उसे सान्त्वना देता हुआ उसकी तरफ़ देखता रहा था।...

होश में आने के बाद उस दिन की शाम को उसे अस्पताल के जनरल वार्ड में शिफ़्ट कर दिया गया था; उसका ऑक्सीजन-मास्क हटा दिया गया था; अलबत्ता उसकी दवाइयाँ-ड्रिप जारी रखी गयी थीं, तब वह बात कर सकता था; हालाँकि उठ-बैठ नहीं पाता था।

उसके बाद क़रीब पन्द्रह दिनों तक उसका जनरल वार्ड में इलाज चलता रहा था। इस दरमियान मैं उसके साथ और पास ही रहा! मेरी पत्नी उन दिनों घर और अस्पताल के बीच दौड़ती-भागती रही थी...

और जिस दिन उसे अस्पताल से डिस्चार्ज किया गया था, उस दिन उसको घर लाते वक़्त मेरी ख़ुशी का ओर-छोर नहीं था कि मेरा बेटा मुझे सही-सलामत मिल गया था!...

घर आ जाने के बाद भी उसका डॉक्टर की सलाह के अनुसार कई महीनों तक इलाज चला था। इस दरमियान भी मैंने उसके खाने-पीने, सोने-जागने और समय पर दवाइयाँ लेने का पूरा ख़याल रखा था।

और फिर वह पूरी तरह से स्वस्थ हो गया था।

वह फिर कॉलेज जाने लगा था...उसके ग्रेजुएशन का दूसरा साल क्लियर हुआ; उसके बाद तीसरा साल चल रहा था...

तीसरे साल की छहमाही के आसपास मैंने एक दिन देखा कि कॉलेज से लौटने पर उसके साथ मोटरसाइकल पर एक लड़की घर आयी थी। मोटरसाइकल से उतरते ही वह, उसके साथ-साथ घर में घुसते हुए इतनी बेहिचक थी, जैसे उस घर में उसकी रोज़ की आवाजाही रही हो! उसके शरीर पर स्किन टाइट जींस का पैंट और ब्लाउज़नुमा कुर्ती एवं पैरों में हाई हील सैंडिल और हाथ में पर्स थे। वह उसके साथ-साथ चलती हुए सीधे उसके पढ़ाई-कमरे में चली गयी थी, जहाँ वह लगभग घण्टे भर तक रही थी। उस के बाद वह उसे मोटरसाइकल पर बिठाकर वापस चला गया था। मेरे और मेरी पत्नी के लिए वह कुछ अटपटा प्रसंग था, जिससे हम पहली बार रू-ब-रू हुए थे।

उसके बाद के दिनों में वह 'कुछ अटपटा प्रसंग' आये दिन का मामला हो गया था...उस लड़की का हफ़्ते-पखवारे में उसके साथ मोटरसाइकल पर घर आने और कुछ समय तक रुकने के बाद वापस चले जाने का सिलसिला हो गया था! और ख़ास बात यह थी कि उस लड़की ने इस सिलसिले के दौरान एक बार भी मुझसे या मेरी पत्नी से दुआ-सलाम की भी औपचारिकता पूरी न की थी!

मैंने शुरुआत में सोचा था कि वह लड़की उसकी क्लासफैलो होगी। लेकिन उसका बार-बार आना और सीधे उसके कमरे में जाना एवं वहीं से वापस चले जाना मुझे कुछ असहज–जैसा महसूस कराता था।

तो एक दिन मैंने मौक़ा देखकर अपने बेटे से पूछ लिया था, 'कौन है यह लड़की, जो तुम्हारे साथ आती रहती है?'

'फ्रैंड है!' बेटे ने जवाब में कहा था।

मुझे उसका जवाब अधूरा और अपर्याप्त लगा था, इसलिए मैंने आगे कहा, 'फ्रैंड है?...मतलब?...क्या तुम्हारे साथ पढ़ती है?'

'नहीं!' उसने कहा।

'तो?' मैंने आगे पूछा।

'जॉब करती है!' कहते हुए उसने मेरी तरफ़ सवालिया निगाह से देखा था। उसके बाद वह अपने कमरे की ओर बढ़ने लगा था।

मुझे उसके जवाब और एटीट्यूड ठीक नहीं लगे; इसलिए मैंने अपना अगला सवाल कि 'जॉब क्या और कहाँ करती है; और जॉब करती है तो आये दिन तुम्हारे साथ किसलिए आती जाती है?' अपने भीतर ही रोक लिया!...मैं अपने जिस बेटे को उसके बचपन से ही निहायत शान्त, शर्मीले और आज्ञाकारी की तरह देखता आया था, उसका रवैया मुझे कुछ अशालीन और रुखाईभरा लगा था! उस वक़्त मेरे लिए सबसे हैरान और परेशान करने वाली बात यह थी कि मेरे बेटे के चेहरे पर रही आयी भोलाई और मासूमियत अचानक उस तरह की रुखाई और ऊजड़ता में कैसे बदल गयी थी...

उसके बाद मैंने अपनी पत्नी से उस बाबत पूछा था, 'ये कौन लड़की है, जो बार-बार उसके साथ आती है?...पूछा है तुमने...?

'पूछा तो था...कह रहा था फ्रैंड है उसकी!' पत्नी ने बताया।

'उसके बारे में और कुछ नहीं पूछा...कि...?' मैंने दरयाफ्त किया।

'और क्या पूछती?' पत्नी ने जैसे अपनी असहायता प्रकट की।

'यही कि कैसी फ्रैंड है जो हर हफ़्ते-पखवारे उसके साथ घर तक चली आती है!...और घर में किसी और से बात भी किये बिना उसी के साथ लौटकर चली जाती है!...' मैंने अपने भीतर की ऊहापोह पत्नी के सामने रख दी।

'मैंने नहीं पूछा!' पत्नी ने कहा।

सुनने के बाद मैंने पत्नी से और कुछ नहीं कहा-पूछा था।

उसके बाद उसी तरह कुछ और महीने बीत गये थे। उस दरमियान मेरे बेटे का बीबीए कंप्लीट हो गया था। बेशक उस बीच भी उसका उस लड़की को घर लाने और वापस ले जाने का सिलसिला चलता रहा था!

और उस सिलसिले का अन्त अत्यन्त आकस्मिक और सदमाख़ेज़ हुआ... उस दिन वह उस लड़की को लेकर फिर घर आया था। उस दिन उसने अपनी माँ से खाना बनाने को कहा। मेरी पत्नी ने खाना बनाया और उन दोनों को अपने हाथों से परोस कर खिलाया था। खाना खाने के बाद, वह पहले की ही तरह उस लड़की को मोटरसाइकल पर बैठाकर वापस ले गया था...उसके बाद वह लौटकर घर नहीं आया–उस दिन ही नहीं; उसके बाद के तमाम दिनों में से किसी भी दिन नहीं!...

मेरे और मेरी पत्नी के लिए वह एक विपत्ति थी–जीवन को हिलाकर रख देने वाली भीषण विपत्ति!...

उसके बाद के दिनों में, कई दिनों तक मैंने और मेरी पत्नी ने ठीक से खाना नहीं खाया था...उन दिनों मेरी हालत कुछ ऐसी रही, जैसे मेरे दिमाग़ को लकवा मार गया हो! मुझे कुछ सूझता ही न था कि मैं क्या करूँ!...मेरे भीतर एक सन्नाटा-सा खिंचा रहता था!...मेरी आँखें सूनी नज़र आती थीं!...मेरे भीतर बेबसी की जकड़न थी!...मेरी अन्तरात्मा को एक ही बात बार-बार कचोटती रहती थी कि किसी को अपनापन सौंप देना तो इन्सान के अपने हाथ में होता है; पर किसी का अपनापन हासिल कर लेना उसके बिल्कुल भी हाथ में नहीं होता! वह तो पूरी तरह दूसरे पर ही निर्भर करता है!...

महीनों की मानसिक पीड़ा भोगने के साथ-साथ मेरे ज़ेहन में बार-बार एक ही सवाल उठता था कि 'वह स्वतन्त्रता क्या वास्तविक स्वतन्त्रता होती जो दूसरे किसी को सन्ताप देकर मिले?...'

और उन दिनों मेरी पत्नी की हालत कुछ ऐसी रही कि वह अपने बेटे को याद कर-कर हमेशा रोती-कलपती रहती! वह अपने बेटे के बचपन का सामान ढूँढ़-ढूँढ़कर निकालती और उसे देखती रहती–उसके खिलौने, उसके कपड़े, उसके जूते...वे छोटे-छोटे कपड़े-जूते-खिलौने बहुत महँगे तो न थे; पर देखने में अच्छे थे–रंग-बिरंगे–लाल, पीले, हरे, नीले...वह उन्हें देखती और आँसू बहाती रहती!..एक दिन वह अपने बेटे की बचपन की वह तिपहिया छोटी साइकल निकाल लायी, जिसे चार-पाँच साल की उम्र के अपने बेटे के खेलने-चलाने के लिए मैं ख़रीदकर लाया था और जिस पर कुर्सी की तरह बैठकर हमारा नन्हा बेटा पैडलों

पर पैर चलाते और हाथों से हैंडिल मोड़ते हुए छत पर इधर-से-उधर, उधर-से-इधर घुमाता था...वह अपने बेटे के बचपन की उन चीज़ों को देखती और रोती-बिसूरती रहती!...

कुछ महीनों तक वह सब चलता रहा। मगर उसके बाद उसका रोना-कलपना बन्द हो गया; और साथ ही कुछ भी बोलना-कहना भी! वह कुछ ऐसी चुप्पी में चली गयी कि कभी एक शब्द भी न बोलती!...उस चुप्पी के दौरान उसके भीतर क्या चलता रहा, यह तो कोई नहीं जानता; पर जो कुछ भी चलता रहा, उसने उसे एक दिन बिस्तरे पर पहुँचा दिया; और उसके कुछ समय बाद चार कन्धों पर!...

उसके बाद के दिनों में मैंने अपनी बेबसी को नितान्त अकेले झेला था!

और उसी हाल में दिन, हफ़्ते, महीने बीतते रहे थे..."

कहे जाने के बाद, भीतर कुछ लमहों तक सन्नाटा तारी रहा; उसके बाद भीतर की आवाज़ मुखर हुई, "तो 'ह्वाट रबिश घर-परिवार!' कहने वाले अपने मित्र श्रीनिवास को अपने हाल-चाल सुनाना मुझे ग़ैर-मुनासिब लगा, इसलिए मैं चुप ही रहा! वैसे भी उसका 'और सुनाओ...क्या हाल चाल हैं तुम्हारे?' सवाल दिल से नहीं, ज़ुबान से निकला लगा था मुझे।...

नाश्ता-चाय से निबटने के बाद, उसने मुझसे कहा, 'दोपहर का खाना लेने के बाद निकलेंगे अपन...मार्केट चलेंगे...घूमना-फिरना हो जायेगा...कुछ शॉपिंग हो जायेगी...कुछ खायेंगे-पियेंगे...कोई मूवी देखना चाहोगे?'

'मूवी?...कौन सी?' मैंने उसकी तरफ़ देखा था।

'कोई भी!...हिन्दी, इंग्लिश...देखना चाहो तो टिकट बुक करा देता हूँ!' उसने कहा।

मेरा मन फ़िल्म देखने का था नहीं। मेरे ज़ेहन में तो रात में देखा सपना क़ाबिज था। मैंने कहा, 'फ़िल्म रहने दो...चल रहे हो, तो मार्केट ही चला चलूँगा...बस, घूम-फिर आयेंगे...'

'ओके!...जैसी तुम्हारी इच्छा...लंच के बाद चलते हैं!' कहकर श्रीनिवास खड़ा हो गया, 'अभी कुछ काम निबटा लूँ... तुम आराम करो...' कहकर वह अपने कमरे की ओर चला गया था।

मैं उतना आरामतलब नहीं था; किन्तु अकेला बैठकर क्या करता! तो मैंने भी अपने बिस्तर का रुख किया।

वह दिन रविवार था...सनडे! श्रीनिवास का छुट्टी का दिन! श्रीनिवास ने उस दिन अपने दोस्त की मेहमाननवाजी के तहत घर पर ही मेड से स्पेशल खाना बनवाया :

पनीर-मटर की मैश किये हुए टमाटर-प्याज मिक्स सूखी सब्ज़ी, मक्खन-मिक्स दाल, ड्राइफ्रूट-खीर और पूड़ियाँ!...

खाने से निबटने के बाद श्रीनिवास ने मुझसे कहा, 'तो फिर ऐसा करते हैं... मार्केट के बजाय मॉल चलते हैं!...'

मैंने 'मॉल' के बारे में सुना था...परन्तु तब तक किसी मॉल को देखा नहीं था। मेरी इच्छा ने पैर पसारे। पर मैंने श्रीनिवास से कहा, 'मॉल?...मॉल में क्या करना है?'

'मॉल तो घूमने-फिरने की जगह होती है', श्रीनिवास ने मेरी तरफ़ देखते हुए कहा, 'कुछ ख़रीदना हो तो ख़रीदो, नहीं तो घूमो-फिरो...कुछ खाना-पीना हो तो खाओ-पियो!...तुम कभी किसी मॉल में गये हो?'

'नहीं।' मैंने सिर हिलाते हुए कहा।

'चलो, आज दिखाता हूँ तुम्हें!' श्रीनिवास बोला।

मैंने चुप रहकर अपनी हामी ज़ाहिर कर दी थी।

श्रीनिवास ने कपड़े बदले, जूते पहने और मुझसे कहा, 'चलो, चलते हैं?' सुनकर मैं उठकर खड़ा हो गया।

श्रीनिवास ने मोहन से डोर लॉक करने को कहा; और वह जीने की तरफ़ बढ़ चला। मैं उसके पीछे ही था।

नीचे पहुँचकर श्रीनिवास ने दूर से ही रिमोट से कार अनलॉक की; और वह आगे बढ़कर कार का गेट खोल ड्राइविंग-सीट पर बैठ गया। दूसरी ओर से मैं भी उसकी बग़ल वाली सीट पर बैठ गया।

कार स्टार्ट हुई और सड़क पर दौड़ने लगी। श्रीनिवास ने कार का म्यूज़िक सिस्टम ऑन कर दिया...कोई एफएम चैनल था जिस पर कुछ जोक्स थे, कुछ कॉमडी थी और बीच-बीच में गानों का छौंक-बघार था!

उसे सुनते हुए मैंने श्रीनिवास से कहा, 'इसमें कुछ क्लासिकल या इंस्ट्रूमेंटल नहीं है...?'

'क्लासिकल!...स्लो और बोरिंग! अब तो फास्ट समय के साथ म्यूज़िक भी फास्ट ही चलता है!' श्रीनिवास ने कहा, 'क्यों?...क्या तुम्हें क्लासिकल पसन्द है?'

'पसन्द वाली बात नहीं है...बस यह है कि क्लासिकल संगीत में जो ठहराव होता है, वह दिल-दिमाग़ को एक सुकून का अहसास कराता है...और यह जो है इसे सुनते हुए लगता है जैसे सिर पर हथौड़े बज रहे हैं!...वैसे क्लासिकल में सब कुछ स्लो नहीं होता है...कुछ चीज़ें ज़रूर स्लो होती हैं, पर सभी नहीं...इसके साथ ही सेमीक्लासिकल या लाइट क्लासिकल की चीज़ें हैं, जैसे कि ठुमरी...और ग़ज़लें

भी सेमीक्लासिकल में गायी जाती हैं...इन चीज़ों का एक अलग ही प्रभाव होता है!' मैंने कहा।

श्रीनिवास ने सुना; उसके बाद दूसरा बटन दबा दिया, तो किसी रैपर का गाना आने लगा था...

थोड़ी देर बाद कार एक रेड सिग्नल पर रुकी। मैंने सामने देखा-नब्बे सेकेंड का रेड था; और साथ ही मैंने देखा कि एक आदमी श्रीनिवास की कार के पास आकर उसके शीशों को कपड़े से साफ़ करने लगा–उस आदमी की उम्र तक़रीबन सत्तर साल रही होगी। वह ठिगना-दुबला था और उसके चेहरे पर दाढ़ी-मूँछ के सफ़ेद बाल बढ़े हुए थे–वह अपने हाथ में लिये कपड़े से जल्दी-जल्दी हाथ चला रहा था। उसने जल्दी-जल्दी कार के वाइपरों को भी ऊपर उठाकर उनके नीचे जमी गर्द साफ़ की और उन्हें यथास्थान कर दिया। मैंने देखा कि श्रीनिवास उसे यह सब करते हुए देखते हुए भी नज़रअन्दाज कर रहा था। रेड सिग्नल के दस सेकेंड बचे थे, तब तक उस आदमी ने सफ़ाई का वह काम निबटा दिया; उसके बाद श्रीनिवास की तरफ़ देखा था। श्रीनिवास उसे इग्नोर कर दूसरी तरफ़ देख रहा था; तो उस आदमी ने जल्दी से कार के आगे से निकलकर दूसरी तरफ़ बैठे मेरी तरफ़ की खिड़की के पास आकर मेरी ओर देखा था। मैंने भी उसके चेहरे की ओर देखा था। वह देखना महज़ एक-दो सेकेंड का था। सिग्नल ग्रीन हो चुका था और कार आगे बढ़ चली थी। वह आदमी पीछे छूट गया था। परन्तु मेरी आँखों में उस आदमी का दाढ़ी की सफ़ेद खूँटियों से भरा दुबला-पतला, बुजुर्ग चेहरा अभी तक बना हुआ था...उस आदमी के कार के पास आकर उसके शीशों को साफ़ करने की शुरुआत करने के समय ही मेरी समझ में आ गया था कि वह, वह काम कुछ पैसे मिल जाने की उम्मीद में कर रहा था! और मुझे लग रहा था कि श्रीनिवास उसे उसके काम के एवज में दस-पाँच रुपये ज़रूर दे देगा। परन्तु श्रीनिवास ने उसे लगातार नज़रअन्दाज किया! और जब उस आदमी ने मेरी तरफ़ की खिड़की के पास आकर कुछ मिलने की उम्मीद भरी आँखों से मेरी ओर देखा था, तो मेरी इच्छा हुई थी कि मैं उसे दस रुपये का एक नोट दे दूँ। किन्तु तब तक कार आगे बढ़ने लगी थी; और वह आदमी पीछे छूट गया था!.. उसके बाद लगातार मेरे भीतर एक कचोट बनी रही–ख़ासकर उस आदमी की उम्र का ख़याल करते हुए वह कचोट और ज़्यादा गहरी होकर मुझे परेशान करती रही कि दौड़ते समय के कारण, मैं उस आदमी को जो दस रुपये देना चाह रहा था, वे नहीं दे पाया! उस आदमी की कुछ मिलने की उम्मीद से देखती आँखें मेरे भीतर से हट ही नहीं रही थीं!...

कार सड़क पर दौड़ रही थी; सिग्नल लाल होने पर रुक रही थी; हरा होने पर फिर आगे बढ़ रही थी; पर मैं पीछे उलझ हुआ था–उस आदमी में ही, जिसने मुँह

से कुछ नहीं कहा था; पर आँखों से सब कुछ कहा था—असहायता भरी आँखों से! वे असहाय आँखें मेरा पीछा कर रही थीं...

मेरा ध्यान, उस आदमी से तब हटा, जब मैंने देखा था कि कार एक घुमावदार रैंप से गोया किसी कुएँ में उतर रही थी! श्रीनिवास कार को, उस स्पाइरल रैंप से, जो किसी रोशन सुरंग-जैसा था, कार को नीचे की ओर लिये जा रहा था। और जब कार नीचे पहुँची, तब मैंने देखा कि वहाँ पर सैकड़ों कारें रखी हुई थीं! दरअसल, वह मॉल की पार्किंग थी!

श्रीनिवास ने कार पार्क की; और वह उससे बाहर उतरा, तो मैं भी उतर कर नीचे खड़ा हो गया।

श्रीनिवास ने मेरी तरफ़ देखा और कहा, 'आओ!' और वह एक ओर को चलने लगा। मैं उसके पीछे हो लिया।

थोड़ी देर में मैं श्रीनिवास के साथ लिफ़्ट में था। लिफ़्ट जहाँ रुकी, वहाँ हम दोनों बाहर निकले। श्रीनिवास फिर एक तरफ़ को बढ़ा। साथ चलते हुए मैंने आगे देखा—सीढ़ियाँ चल रही थीं—एक तरफ़ नीचे से ऊपर की ओर और उसी की बग़ल में ऊपर से नीचे की ओर! चलती हुई सीढ़ियों पर स्थिर खड़े-खड़े लोग ऊपर की ओर भी जा रहे थे और नीचे की तरफ़ भी आ रहे थे!...

श्रीनिवास ने ऊपर की ओर जाने वाली सीढ़ियों में से पहली पर क़दम रखने से पहले मुझसे कहा, 'ये ऐलीवेटर है...इस पर शुरू में जहाँ पैर रखो, वहाँ सधकर खड़े रहना, और ऊपर फ्लोर पर पहुँचने के ठीक पहले, इस पर से पैर उठा फ्लोर पर रख दे ना...'

मैंने श्रीनिवास के साथ ऐलीवेटर की पहली सीढ़ी पर पैर रखे और सीढ़ियों ने आगे बढ़ते हुए हमें ऊपर पहुँचा दिया...

तब हम मॉल के फर्स्ट फ्लोर पर पहुँच गये थे यानी हम मॉल में थे!

श्रीनिवास धीरे-धीरे आगे बढ़ रहा था; और मैं उसके साथ-साथ चलता हुआ वहाँ का नज़ारा देख रहा था—वहाँ रोशनियों का समन्दर लहरा रहा था जैसे!...तरह-तरह के विचित्र-विचित्र नाम वाले शोरूम्स, शॉप्स और आउटलेट्स थे, जैसे कि

H & M
Only (R)
Brooks Brothers
BOBBY BROWN
GANT
Super Dry Store
Berleigh

Loreal Paris
Mont Blanc
Carolina Herrera
Jo Malone
Smashbox
Marks & Spencer
Maybelline
Lakme'
Fossil
Michael Kors
Titan Eye+
I-world
Arrow
Levi's
The Body Shop
Kaya skin clinic
Global Desi
Pizza Express
Mc donald's
KFC
Zink london
Biba...

उन बाहर से भीतर तक रोशनी से नहाई 'दुकानों' के नाम पढ़-देखकर मैं हैरान था। मुझे लग रहा था कि जैसे मैं किसी और ही दुनिया में आ गया हूँ, जिसमें चारों ओर बहुतेरे रंग हैं; जो ख़ुशबुओं से सराबोर हैं; जिसमें गर्मी-सर्दी का एहसास नदारद है; और जो आँखों को चौंधियाती रोशनियों में बसी हुई है! मेरे लिए वह एक अजनबी दुनिया थी! वहाँ मौजूद घूमते-फिरते, शॉपिंग करते, खाते-पीते लोग भी मुझे कुछ अजीब ही लग रहे थे। वे लोग कुछ अलहदा दीखने की बेलौस इच्छा से भरे हुए लोग थे! उनके पहनावे, उनके रखरखाव कुछ ऐसी ही गवाही दे रहे थे!...मैंने प्राय: इन्सान के सिर के बालों का रंग काला देखा था; और उम्र बढ़ने पर उन बालों का रंग सफ़ेद भी देखा था; और सफ़ेद हो गये बालों को काले रंग में रँगे हुए भी देखा था–बुढ़ापे की ओर बढ़ते आदमी को अपने सफ़ेद हो रहे/गये बालों को काले रंग में रँगते/रँगाते हुए भी मैंने देखा था–वह मुझे कभी अस्वाभाविक नहीं लगा था...मगर वहाँ–मॉल में–मैंने बीस-बाईस साल की एक नवयुवती को उसके गर्दन तक लहराते

बालों को सफ़ेद रंग में रँगे हुए देखा! एक नौजवान युवती के सिर पर बगुले–जैसे झक्क सफ़ेद बाल! मुझे वह 'दृश्य' कुछ विचित्र लगा। मैं देर तक उसके बारे में ही सोचता रहा; और याद करता रहा कि उसी तरह के सफ़ेद बालों वाली किसी नवयुवती को मैंने पहले कहाँ देखा था! और फिर मुझे याद आया था कि मैंने उसी तरह के सफ़ेद बालों वाली किसी नवयुवती को पहले रू-ब-रू नहीं देखा था; बल्कि अख़बार में छपे एक फीचर में प्रकाशित तस्वीर में देखा था! वह एक अमेरिकन टीवी-पर्सनैलिटी की तस्वीर थी; और वह उन बहुत सारी तस्वीरों में से एक तस्वीर थी, जिनमें वह सैलिब्रिटी नवयुवती अलग-अलग गेट-अप में दिखाई गयी थी और जिनमें से कुछ तस्वीरों में वह काले बालों वाली थी, कुछ में अन्य रंग के बालों वाली; और एक तस्वीर में सफ़ेद रंग के बालों वाली थी!...मुझे अन्देशा ही नहीं, बहुत हद तक यकीन हो रहा था कि मॉल में दिखाई दी नवयुवती ने उसी अमेरिकन टीवी-सैलिब्रिटी युवती की तस्वीर कहीं देखकर उसी की नक़ल में अपने बालों को सफ़ेद रंग में रँगवा लिया था! मैं सोच रहा था कि इस तरह की नक़ल कभी-कभी कितनी हास्यास्पद हो जाती है और ख़ास तौर पर तब, जब, जिसकी नक़ल की जा रही हो, उससे दूर-दूर तक कोई समानता ही न हो! मैंने उस अमेरिकन टीवी-सैलिब्रिटी युवती के बारे में छपे फीचर में जो पढ़ा था, उसके अनुसार उसका जन्म-वर्ष 1997 था; इंस्टाग्राम पर उसके फॉलोअरों की तादाद तक़रीबन 11 करोड़ बतायी गयी थी; उसकी नेटवर्थ लगभग 600 करोड़ रुपये दर्शायी गयी थी और उसके बारे में अन्य जो जानकारियाँ दी गयी थीं, वे ये थीं कि वह एक प्राइवेट जेट की मालिकिन है और वह एक फ्रीक्वेंट ट्रेवलर भी है और वह अपने प्राइवेट जेट से ही यात्रा करना पसन्द करती है और उसकी लास एंजिलस से लन्दन तक की एक यात्रा का ख़र्च क़रीब एक करोड़ रुपये आता है और वह अपने प्राइवेट जेट तक पहुँचने के लिए क़रीब दो करोड़ रुपये क़ीमत की फेरारी का इस्तेमाल करती है; इसके अतिरिक्त उसके पास लेंबोर्गिनी, ऑडी, टेस्ला, मर्सिडीज बेंज और रेंजरोवर जैसी लक्जरियस ब्रांड-कारें हैं...उस फीचर में बताया गया था कि उसकी लिपफिलिंग का ही ख़र्चा लगभग साढ़े चार लाख रुपये सालाना है; और यदि लिपफिलिंग हेतु सर्जरी होनी होती है, तो ख़र्चा होता है क़रीब बाईस लाख रुपये का; और उसके जूते, डिज़ाइनर ड्रेसेज और बैग्स की क़ीमत प्रति आइटम लगभग एक करोड़ रुपये होती है; और वह एक बार इस्तेमाल की गयी ड्रेस को दोबारा नहीं पहनती!...मैं सोच रहा था कि ऐसी (!) 'सेलिब्रिटी' की नक़ल या होड़ महज़ बालों को सफ़ेद रंग से रँग कर करने से क्या बना जा सकता है–एक बेहतर पर्सनैलिटी या एक हास्यास्पद कैरीकेचर?... मेरे ज़ेहन में उस वक़्त यही सवाल मौजूद था।...

'कुछ खा लें?' अचानक मेरे कानों ने सुना। श्रीनिवास मेरी तरफ़ देखते हुए कह रहा था, 'आओ, कुछ खा लेते हैं!' यह सुनकर मैं अपने-आप में लौटा। मैंने श्रीनिवास के मुँह की ओर देखते हुए कहा, 'खाना तो खा के ही चले थे घर से।'

'फिर भी यहाँ आये हैं तो कुछ खा लेते हैं।' उसने कहा।

'मेरी तो इच्छा नहीं है...।' मैं वहाँ की चमक-दमक देखकर असहज था और मैं जानता था कि वहाँ—मॉल—की दिखावट, रोशनी और एयरकंडीशनिंग की भी क़ीमत चुकानी होगी, इसलिए भी मैंने मना किया।

पर श्रीनिवास ने आग्रह से कहा, 'आओ!' और वह मॉल के फूड प्लाजा की तरफ़ चल दिया। तो मुझे उसके साथ जाना पड़ा।

फूड-प्लाज़ा में तीन तरफ़ कुछ मल्टीनेशनल, कुछ नेशनल रेस्तराँओं और फूड-शॉप्स के आउटलेट्स थे। बीच के ओपन एरिया में लोगों के बैठने—खाने-पीने के लिए टेबल-कुर्सियाँ लगी हुई थीं, जिनमें से ज़्यादातर पर लोग-स्त्री-पुरुष-बच्चे—बैठे हुए खा-पी रहे थे....

श्रीनिवास के साथ चलते हुए मैं एक के बाद दूसरी शॉप को देखते हुए आगे बढ़ रहा था। हर एक शॉप पर वहाँ उपलब्ध वस्तुओं की रेट-लिस्ट लगी थी। लोग उन शॉप्स से अपनी इच्छित खाने-पीने की चीज़ों की क़ीमत का भुगतान करने के बाद, उन चीज़ों को हाथ में लेकर बीच में पड़ी टेबलों-कुर्सियों की तरफ़ जा रहे थे; और किसी ख़ाली टेबल के आसपास बैठकर ख़रीद गयी चीज़ों को खा-पी रहे थे, बातचीत कर रहे थे, इंज्वाय कर रहे थे।

मैंने कॉफी के आउटलेट की रेट-लिस्ट में लिखा पढ़ा—'हॉट कॉफी, एक कप—190 रुपये।'

मैंने हैरानी से श्रीनिवास की ओर देखते हुए कहा, 'एक कप कॉफी एक सौ नब्बे रुपये की!...'

सुनकर श्रीनिवास ने मुझसे कहा, 'यह मॉल है!...फुटपाथ का खोखा नहीं!... यहाँ वही आ पाता है जो चीज़ों की रेट-लिस्ट नहीं पढ़ता, सीधे उन्हें ख़रीदता है!'

सुनकर मेरे मन में आया था कि श्रीनिवास से पूछें कि 'फिर हमारा यहाँ क्या काम है?' पर वह सवाल ज़ुबान पर लाने से पहले ही मैं सचेत हो गया...मैं यह भूल गया था कि श्रीनिवास, उस समय वह श्रीनिवास नहीं था, जो पहले हुआ करता था—गाँव का श्रीनिवास! उस समय तो वह, वह श्रीनिवास था, जो एक मल्टीनेशनल कम्पनी में बड़े ओहदे पर काम करते हुए हर महीने छह अंकों की सेलरी पाता बड़ी कार में चलता था; घर पर नौकर-नौकरानी रखता था और एक शानदार एवं सर्वसुविधायुक्त फ्लैट में रहता था!...यह सब सोचते-विचारते हुए मैं यकायक अपने उस अतीत में

जा पहुँचा था, जो मेरे साथ-साथ श्रीनिवास का भी अतीत था...गाँव में दोनों के घर अगल-बग़ल में थे; और दोनों के ही परिवार बहुत मामूली ज़िन्दगी बसर करते थे... मेरे पिता की ही तरह श्रीनिवास के पिता भी किसान थे; और जैसे-तैसे अपने-अपने परिवार का पेट-पोषण करते थे! मैं और श्रीनिवास गाँव के उस स्कूल में पढ़ने जाते थे, जो टूटे-फूटे कमरों के रूप में क़ायम था और जिसकी चहारदीवारी नहीं बनी थी और जिसके अहाते की ज़मीन कच्ची मिट्टी की थी! श्रीनिवास उस स्कूल में पढ़ने के बावजूद पढ़ाई में बहुत होशियार था; और अपनी पढ़ाई और होशियारी की ही बदौलत एक-एक दर्जा आगे बढ़ते हुए उस मुकाम पर पहुँचा हुआ था कि महानगर के किसी मॉल में चीज़ों की रेट लिस्ट नहीं पढ़कर सीधे उन्हें ख़रीद सकता था!.. मुझे मालूम था कि पढ़ाई के बाद श्रीनिवास ने जब जॉब हासिल किया तब उसके बाद पीछे मुड़कर नहीं देखा–यहाँ तक कि गाँव में छूट गये अपने माँ-बाप की तरफ़ भी नहीं!...पर वह अपने प्राइमरी स्कूल के सहपाठी यानी मुझे नहीं भूला था; मुझसे वह लगातार सम्पर्क बनाये रखे रहा था–पहले पत्रों के ज़रिये, उसके बाद सेलफ़ोन का जमाना आ जाने पर फ़ोन की मार्फ़त!...मैं सोचने लगा कि क्या इसीलिए कि वह मुझे अपनी वह हैसियत दिखा सके, जिसके कारण वह बाज़ार में मिलने वाली चीज़ों की रेट लिस्ट नहीं पढ़कर उन्हें सीधे-सीधे ख़रीद सकता था!...

'आओ, मैकडोनॉल्ड'स से कुछ ले लेते हैं!' श्रीनिवास मुझसे कहकर 'मैकडोनॉल्ड'स' आउटलेट की तरफ़ बढ़ चला था। उसके पीछे मैं भी।

वहाँ फिर मेरी निगाह रेट-लिस्ट पर पहुँची...

श्रीनिवास मुझसे पूछ रहा था, 'क्या लोगे?'

रेट-लिस्ट देखने के साथ ही, श्रीनिवास के मुँह से 'क्या लोगे?' सुनकर, मेरी आँखों में हठात् रेड सिग्नल का वह दृश्य आकार ले उठा, जिसमें एक बूढ़ा आदमी श्रीनिवास की कार के शीशे साफ़ कर रहा था और श्रीनिवास उसे इग्नोर किये जा रहा था!...तो अचानक मेरे मुँह से निकला, 'नहीं, मुझे कुछ नहीं चाहिए।'

पर श्रीनिवास ने मेरे 'नहीं...' को अनसुना कर काउंटर के सेल्समैन को आर्डर करते हुए, पेमेंट के लिए कार्ड उसकी तरफ़ बढ़ा दिया। सेल्समैन ने कार्ड लेकर मशीन पर स्वाइप कर पेमेंट लिया और कार्ड श्रीनिवास को वापस किया; और थोड़ी देर में दो प्लेटें श्रीनिवास के सामने काउंटर पर रख दीं। श्रीनिवास ने एक प्लेट उठाकर मुझे दी; और दूसरी अपने हाथ में लेकर वह सामने की टेबलों-कुर्सियों में से एक ख़ाली टेबल की तरफ़ बढ़ने लगा। बेमन के बावजूद उसके पीछे-पीछे मैं भी!

टेबल पर प्लेट रखने के बाद श्रीनिवास कुर्सी पर बैठ गया। प्लेट को टेबल पर टिकाने के बाद मैं भी श्रीनिवास के अपोज़िट पड़ी कुर्सी पर बैठ गया था।

ठीक उसी वक़्त वहाँ वह हुआ, जिसकी सम्भावना की मैंने कभी कल्पना तक नहीं की थी—कुर्सी पर बैठने के साथ ही मेरी निगाह सामने की दूसरी टेबल की ओर गयी थी—वहाँ 'वह' बैठा हुआ था; और इत्तिफाक से 'वह' भी सामने की तरफ़ ही देख रहा था; इसलिए उसकी निगाह पल भर को मेरी निगाह से आ मिली। उसके तुरन्त बाद उसने निगाह फेर कर अपने साथ बैठी लड़की की ओर देखा; और उससे कुछ कहा था। उसके बाद 'वह' वहाँ से उठकर चला गया था—अपने साथ की लड़की सहित!...

श्रीनिवास उस बारे में कुछ नहीं जानता था—वह अपनी प्लेट से स्वीट डिश को चम्मच में ले-लेकर मज़े से खाये जा रहा था।

पर मेरे हाथ अभी अपनी प्लेट और चम्मच तक नहीं पहुँचे थे। मेरे चेहरे पर उस वक़्त एक अजीब तरह का अहसास नुमायाँ हो रहा था—कुछ-कुछ वैसा अहसास जैसा उस इन्सान को होता है, जिसके ज़िस्म के किसी ज़ख़्म के सूखते जा रहे खुरंट को अचानक नोंचकर उखाड़ डाला गया हो!...उसके बाद मैं अपने साथ था; और मुझे लग रहा था कि मेरे आसपास हज़ारों फीट गहरी खाइयाँ हैं; कँटीले झाड़-झंखाड़ हैं; ऊबड़-खाबड़ ढूह हैं; सूखी-गर्म हवा के बगूले हैं...

उस वक़्त, एयरकंडीशंड मॉल के भीतर फूड-प्लाजा के टेबल के सामने कुर्सी पर बैठा, मैं सिर से पैर तक पसीने से तरबतर था!...

मेरी हालत उस वक़्त कुछ वैसी ही थी जैसी उस व्यक्ति की होती है, जिसकी जीवन भर की कमाई उसकी आँखों के सामने लुट गयी तो...यों तो मेरा परिवार कुछ समय पहले ही तबाह हो चुका था; लेकिन उस वक़्त मॉल के भीतर जो कुछ मेरे तईं हुआ, उससे मुझे लगा था कि उस तबाही पर मुहर लग गयी थी!...

श्रीनिवास उस वक़्त फूड-प्लाजा का नज़ारा और अपनी प्लेट की डिश का लुत्फ़ लेते हुए अपने-आप में मस्त-व्यस्त था!...

तभी यकायक उसकी नज़र मुझ पर पड़ी; और उसने देखा कि मेरी प्लेट-चम्मच जस-की-तस रखी हुई थी, तो उसने प्लेट की तरफ़ हाथ से इशारा करते हुए मुझसे कहा, 'लो!...बहुत टेस्टी है!' साथ ही उसने मेरे चेहरे पर देखते हुए कहा, 'और तुम्हें यह पसीना क्यों आ रहा है?.. तुम्हारी तबीयत तो ठीक है?

जवाब में मेरे मुँह से निकला था, 'मैं घर जाना चाहता हूँ!'

'घर?...क्यों क्या हुआ?' श्रीनिवास ने हैरत भरी निगाहों से मेरी ओर देखा था, 'अभी-अभी तो हम यहाँ आये ही हैं...शाम तक घर चलेंगे!'

'नहीं, श्रीनिवास! मुझे अपने घर जाना है...' मैंने उससे कहा था।

'अपने घर!...क्यों?...क्या हुआ तुम्हें अचानक?' उसने पूछा।

'मेरी तबीयत कुछ ठीक नहीं है...' मैं उसे अपनी मन:स्थिति नहीं बताना चाहता था; इसलिए मैंने उससे कहा, 'मैं आज ही अपने घर लौटना चाहता हूँ!'

उसने कहा, 'अगर तबीयत ठीक नहीं है, तो डॉक्टर के पास चलते हैं...'

'नहीं, डॉक्टर के पास नहीं!...मैं अपने घर लौटना चाहता हूँ...आज ही!' मैंने उससे कहा था।

यह सुनकर श्रीनिवास के चेहरे पर किंचित खीज और असमंजस के निशान उभरे थे; फिर उसने कहा था, 'ठीक है...चलते हैं!' कहकर वह कुर्सी से उठ खड़ा हुआ था।

उसके बाद हम वहाँ से चल पड़े थे। मेरी प्लेट की डिश टेबल पर जस-की-तस छूट गयी थी...

श्रीनिवास के पीछे-पीछे चलते हुए मैं जब उस मॉल से बाहर पहुँचा था, तो मुझे लगा था कि मैं किसी जगह से नहीं; बल्कि एक 'कल्चर' से बाहर निकल आया था–एक ऐसी कल्चर से, जिसमें वस्तुएँ-ही-वस्तुएँ होती हैं; जिसमें मनुष्य कहीं नहीं होता!

उसी दिन की शाम को श्रीनिवास ने मुझे ट्रेन तक छोड़ दिया था..."

कहे जाने के बाद, भीतर देर तक सन्नाटा तारी रहा। उसके बाद भीतर से जो आवाज़ सुनाई दी, वह जैसे किसी तनी हुई रस्सी पर चलती हुई लग रही थी, "और अपने मित्र श्रीनिवास के यहाँ से लौटकर जिस दिन मैं यहाँ आया, उस दिन यहाँ मुझे मनुष्यता का एक नया चेहरा देखने को मिला!...मैंने यहाँ उस दिन जो कुछ देखा, उसके बारे में क्या बताऊँ आपको!...हाँ, इतना ज़रूर कहूँगा कि उस दिन मैं ख़ुद ही की निगाह में एक बार फिर बेवकूफ़ साबित हो गया! बेवकूफ़ इसलिए कि मैं समझ ही नहीं पाया के दुनिया मनुष्यों की और मनुष्यों के लिए नहीं रही!...मनुष्य कौन!...क्या वह, जो मनुष्य की शकल-सूरत लिये पैदा होता है?...नहीं! बिल्कुल नहीं!...मनुष्य वह नहीं होता!...मनुष्य तो वह होता है, जो जन्म लेने के बाद धीरे-धीरे निर्मित होता है! और कोई-कोई तो जीवनपर्यन्त निर्मित नहीं हो पाता...तो मैं नहीं समझ पाया...नहीं समझ पाया कि जिस दुनिया के बीच मैं हूँ, वह उत्तरआधुनिक है; और उत्तरआधुनिक दुनिया में मनुष्य या मनुष्यता के लिए कोई जगह नहीं होती!...यों तो मनुष्य का पूरा इतिहास ही सफलता और असफलता के द्वन्द्व से बना है!...सफलता के लिए कुछ भी किया जाना हमेशा से रहा आया है!...मनुष्यता और पाशविकता–दोनों ही सफलता हासिल करने की युक्तियाँ रही आयी हैं...बीते समय में दया, करुणा, प्रेम और अहिंसा वग़ैरह के द्वारा भी सफलताएँ हासिल की गयी थीं; और क्रूरता, संवेदनहीनता, अमानवीयता से भी! पर मौजूदा समय की उत्तरआधुनिक दुनिया

सफलता के लिए सिर्फ़ संवेदनहीनता, सम्बन्धहीनता और क्रूरता का ही इस्तेमाल करती है—ठीक वैसे ही जैसे बाघिन अपने शिकार को गिराने के लिए उसके जीवित माँस में निर्दयता और क्रूरता के साथ अपने दाँत गड़ाती है!...तो मैं यही नहीं समझ पाया!...मैं नहीं समझ पाया कि मौजूदा उत्तरआधुनिक दुनिया न बीते कल की तरफ़ देखती है; न ही आने वाले कल की तरफ़!...यह देखती है, तो सिर्फ़ उस क्षण को, जिसमें इसे सफलता पानी होती है!...मैं नहीं समझ पाया कि उत्तरआधुनिकता और अमानुषिकता के बीच कौन-सा रिश्ता है? उत्तरआधुनिकता की कोख से अमानुषिकता पैदा हुई है या अमानुषिकता की कोख से उत्तरआधुनिकता?...अमानुषिकता का मतलब?...अमानुषिकता का मतलब भावनाविहीनता, संवेदनविहीनता!...अरे, यदि किसी की सूचनाएँ ठीक नहीं हैं तो जैसे-तैसे काम चल जायेगा; किन्तु यदि संवेदनाएँ ठीक नहीं हैं तो कैसे चलेगा! संवेदनाओं से, भावनाओं से भरा-पूरा होना मनुष्य होने का प्रमाण होता है...संवेदनाओं और भावनाओं के कारण मनुष्य भावुक होता है!...क्या मनुष्य के अलावा संसार का और कोई प्राणी भावुक होता है?... पशु-पक्षी-कीट-पतंगे वग़ैरह को कभी किसी ने रोते हुए देखा है?...मैं अपनी ही निगाह में इसलिए बेवकूफ़ साबित हुआ कि इस बात को नहीं समझ पाया कि इस उत्तरआधुनिक हो चुकी दुनिया में संवेदनशील आदमी अनफिट समझा जाता है!.. मैं ख़ुद की निगाह में इसलिए बेवकूफ़ साबित हुआ कि मैंने अपने जीवन में हमेशा प्रेम को सर्वोपरि माना—इन्सानियत से प्रेम को, नैतिकता से प्रेम को, अनुशासन से प्रेम को, अपने काम से प्रेम को और अपने उसूलों से प्रेम को!...मेरी बात सुनकर आप किसी ग़लतफ़हमी में न पड़ें; इसलिए बता देना चाहता हूँ कि मैं इस दुनिया की हर उस शय को दिल से लगा लेता रहा जो मेरे सम्पर्क में आयी...आप अगर इस घर की छत पर जायेंगे, तो वहाँ आपको छत की मुँडेर पर मिट्टी के तीन सकोरे रखे दिखाई देंगे...वे सकोरे वहाँ क्यों रखे हुए हैं?..."

कहने के बाद कुछ पलों तक भीतर से कोई आवाज़ नहीं सुनाई दी, उसके बाद कहा गया, "वे सकोरे वहाँ पर इसलिए रखे हैं कि...हुआ यह था कि...वे उस साल के मई महीने के आख़िरी दिन थे...उस दिन, शाम के समय सनेही किसी काम से छत पर गया था; और थोड़ी देर में वहाँ से लौटकर उसने मुझे बताया था, 'बाबूजी, ऊपर एक बिल्ली अपने दो छोटे-छोटे बच्चों को लिये बैठी है!'

सनेही के मुँह से बिल्ली के छोटे-छोटे बच्चों की बाबत सुनने के बाद मेरे भीतर एक ऐसा भाव पैदा हुआ, जिसकी परिभाषा मैं नहीं कर सकता हूँ; उसके साथ ही एक भाव उत्सुकता था; और अपने भीतर के उन भावों के साथ मैं अपना काम छोड़ कर

तत्काल उठा; और 'देखते हैं!' कहते हुए सनेही के साथ जीना चढ़कर छत पर वहाँ पहुँचा था, जहाँ बिल्ली अपने छोटे-छोटे बच्चों के साथ बैठी थी। सनेही ने प्रसन्नता के साथ बच्चों की तरफ़ उँगली से इशारा करते हुए कहा, 'कितने प्यारे बच्चे हैं!'

बिल्ली छत पर एक ओर रखे सामान के पास बैठी हुई थी; और उसके दोनों छोटे-छोटे बच्चे, बैठी हुई बिल्ली के एक-एक थन को अपने मुँह में लिये उसका दूध पी रहे थे। हम दोनों को वहाँ पहुँचा पाकर बिल्ली ने कुछ देर तक हमारी तरफ़ देखा; उसके बाद वह सहज हो गयी थी। बिल्ली के बच्चे अलबत्ता निरपेक्ष भाव से अपने-अपने मुँह को थनों से लगाये दूध पीने में मशगूल बने रहे थे।

वह देखकर मेरे मुँह से निकला था, 'बड़े प्यारे बच्चे हैं!' साथ ही मैंने अनुमान लगाते हुए, सनेही की ओर देखा था, 'पन्द्रह दिनों से ज़्यादा के नहीं होंगे...'

सुनकर सनेही ने कहा था, 'हाँ, इतने के ही होंगे।'

हम उन्हें देखते हुए वहाँ कुछ देर तक खड़े रहे थे।...तभी मैंने देखा कि बच्चों को दूध पिलाती बिल्ली अचानक उठकर खड़ी हो गयी; और उसके छोटे-छोटे थन बच्चों के मुँहों से अलग हो गये थे। उसके बाद बिल्ली वहाँ से चलकर छत के दूसरे कोने की तरफ़ जा रही थी। उसके पीछे-पीछे उसके बच्चे भी अपने छोटे-छोटे पैरों से चले जा रहे थे। बिल्ली कोने में पहुँची और वहाँ से हमारी तरफ़ देखने लगी। उसके बच्चे खड़ी हुई बिल्ली के थनों को अपने मुँहों में लेने की कोशिश करने लगे थे।

बिल्ली को हम दोनों की तरफ़ ताकता देखकर, मैंने सोचा था कि हमारी मौजूदगी बिल्ली के भीतर सम्भवतः असुरक्षा-भाव पैदाकर रही थी; इसलिए मैंने सनेही से कहा था, 'चलो! बिल्ली शायद हमें देखकर डर रही है!...'

और हम दोनों वहाँ से नीचे चल आये थे।

नीचे आते ही मैंने सनेही से कहा था, 'बिल्ली अपने बच्चों को हमेशा किसी-न-किसी घर के भीतर रखकर ही बड़े करती है; सड़क पर या किसी खुली जगह पर रखकर कभी नहीं!...कुतिया अपने पिल्लों को कहीं भी रख लेती है; पर बिल्ली नहीं!...अभी ऊपर मत जाना!...कहीं ऐसा न हो कि वहाँ बार-बार जाने से बिल्ली कहीं चली जाये!...कितने प्यारे बच्चे हैं दोनों!...जब लेकर आयी है, तब उसे वहाँ रहने दो!'

सुनकर सनेही ने कहा था, 'ठीक है...'

उसके बाद हम क़रीब घण्टे भर तक ऊपर नहीं गये थे। उसके बाद मैं उत्सुकतावश ज़ीना चढ़कर छत पर पहुँचा, तो वहाँ बिल्ली मुझे नहीं दिखी। मैंने छत के कोने में रखे सामान के आगे-पीछे नज़र डाली; पर बिल्ली वहाँ कहीं नहीं दिखी मुझे। यकायक मेरी निगाह दीवार के सहारे रखे एक पुराने किवाड़ के पीछे गयी; तो

वहाँ मुझे उसके दोनों बच्चे बैठे दिखाई दिये...उस समय वे दोनों एक-दूसरे से सटे बैठे मेरी तरफ़ ही टुकुर-टुकुर देख रहे थे...वे कुछ देर मेरी तरफ़ देखते रहे, उसके बाद, मुझे लगातार अपनी तरफ़ ताकता देखकर, धीरे से उठकर वहाँ पड़े सामान के पीछे जाकर छिप गये थे...

वह सब देखने के बाद मैं फिर नीचे लौट आया; और मैंने सनेही को बताया था, 'बिल्ली तो ऊपर नहीं है...बच्चे बैठे हैं!...बिल्ली के बच्चे बिल्कुल इन्सान के बच्चों की तरह ही देखते हैं...बिल्ली प्रजाति के अलावा और किसी भी जानवर का देखना इन्सान की तरह नहीं होता...न ही गाय-बैल-भैंस का; न ही भेड़-बकरी का; न ही कुत्ते या घोड़े का...बस, बिल्ली का देखना ही इन्सान के देखने की तरह होता है!'

सनेही ने कहा, 'हाँ, बिल्कुल आदमी की तरह देखती है बिल्ली!'

उस दिन की रात तक मैंने बिल्ली और उसके बच्चों की कोई ख़बर नहीं ली; किन्तु सवेरे मैं छत पर पहुँचा तो मैंने देखा कि बिल्ली अपने बच्चों के साथ दीवार से टिके रखे किवाड़ के पीछे बैठी थी।

बिल्ली को उस तरह वहाँ बैठे देखने के बाद मैंने मान लिया था कि उसने किवाड़ के पीछे की जगह को महफ़ूज़ मानकर अपना डेरा डाल लिया है; और वह आगे भी वहीं रहेगी!

वे गर्मी के दिन थे। मई खत्म होकर, जून शुरू हो गया था। गर्मी अपने पूरे उरुज पर थी। तापमान 45^0-46^0 सेल्सियस के आसपास चल रहा था।

बिल्ली अपने बच्चों को किवाड़ के पीछे छोड़कर चली जाती थी–सम्भवतः अपना पेट भरने के लिए...और हर एक बार घण्टे-दो-घण्टे बाद लौटकर आ जाती; और किवाड़ के पीछे उसकी छाँह में लेटकर दोनों बच्चों को दूध पिला जाती थी।

बिल्ली और उसके बच्चों की दिनचर्या पर मेरी नज़र बनी रहती। बिल्ली जब नहीं होती, तब बच्चे या तो किवाड़ की छाँह में बैठे रहते या उसी के आसपास घूमते-फिरते, उछलते-कूदते रहते। मुझे जब वे देख लेते, तो तुरन्त किसी-न-किसी चीज़ के पीछे छिप जाते। वे अपने बालसुलभ भय के कारण ऐसा करते! मैं उन्हें सिर्फ़ देखता था; उसके अलावा उन्हें न पकड़ने की कोशिश करता था, न छूने की। मुझे तो उन्हें देखकर ही एक अबूझ क़िस्म की ख़ुशी मिलती थी। शायद वह ख़ुशी उन बच्चों के रूप में भोलेपन, निश्छलता और मासूमियत को साक्षात् देखने की ख़ुशी होती थी!

कुछ दिनों में बिल्ली और उसके बच्चे मुझे घर-परिवार का हिस्सा–जैसे लगने लगे थे। मैं छत पर जाता ही इसलिए कि बिल्ली के बच्चों को देख सकूँ!...

उसी तरह से एक के बाद एक दिन गुज़र रहे थे कि एक रात ज़ोर की आँधी आयी, जिसके कारण छत पर, दीवार से टिका रखा किवाड़ छत पर एक तरफ़ को गिर पड़ा था। उस बात का पता मुझे सवेरा होने पर लगा...उस दिन सवेरे-सवेरे सनेही छत पर पहुँचा तो उसने देखा कि दीवार से टिका रखा किवाड़ छत पर एक तरफ़ गिरा पड़ा था! तो उसने वहाँ बिल्ली और उसके बच्चों के बारे में जानने के लिए इधर-उधर निगाह दौड़ाई और देखा कि बिल्ली एक बच्चे को अपने मुँह में दबाये हुए घर की मुँडेर फाँद रही थी!...सनेही ने नीचे आकर मुझे बताया था कि छत पर रखा किवाड़ गिर गया था; इसलिए बिल्ली अपने बच्चों को लेकर चली गयी! उसने बताया कि एक बच्चे को मुँह में दबाकर ले जाते हुए बिल्ली को उसने अपनी आँखों से देखा! बिल्ली, ख़ासकर उसके बच्चों के चले जाने की बात सुनकर मुझे अच्छा नहीं लगा था। पर मैंने सनेही से कहा था, 'किवाड़ के पीछे उसका एक तरह से घर हो गया था...अब घर गिर पड़ा, तो दूसरी जगह ले के जायेगी ही अपने बच्चों को!...अपने-अपने बच्चों की सुरक्षा और देखभाल की ज़िम्मेदारी तो संसार का हर प्राणी समझता है!'

सुनकर सनेही ने कहा था, 'हाँ, सो तो है!'

उस दिन मैं छत पर गया था; और दिन भर में कई बार गया था...उस दिन मुझे, बिल्ली और उसके बच्चों के बिना छत सूनी-सूनी लगती रही थी! छत पर पहुँचते ही मेरी निगाह सीधी वहाँ पहुँचती, जहाँ बिल्ली और उसके बच्चे रहते थे; और वहाँ उन्हें न पाकर मेरे भीतर एक अजीब तरह की रिक्तता का भाव पैदा होता था। मैंने अपने मन की यह बात सनेही से दिन में अनेक बार कही। पर वह या मैं कुछ कर नहीं सकते थे! वह दिन इसी तरह बीता था।

अगले दिन सवेरे सनेही छत पर गया; उसके बाद तुरन्त लौटकर नीचे आया; और उसने किसी ख़ुशख़बरी की तरह मुझे बताया, 'बाबूजी! बिल्ली लौट आयी है... उसके बच्चे भी साथ में हैं!'

सुनकर मेरी प्रसन्नता का ठिकाना नहीं रहा था। मैंने उत्सुकता के साथ सनेही से कहा, 'अब कहाँ बैठी है?'

'वहीं बैठी है...पड़े हुए किवाड़ के पास!...बच्चों को दूध पिला रही है!' सनेही ने बताया था।

मैंने सनेही से कहा, 'वह चली तो गयी थी किवाड़ के गिर जाने के कारण! पर उसे और कहीं अपने घर-जैसा सुरक्षित और कम आदमियों वाला घर नहीं मिला होगा, तो यहाँ लौट आयी है...अब ऐसा करो...उसके लिए जीने के नीचे की बुखारी ख़ाली कर दो...उसमें जो सामान पड़ा है, उसे कहीं और रख दो...गर्मी का टाइम

है!...ऊपर खुली छत पर बच्चों को लेकर कैसे रहेगी वह!..बुखारी में आना चाहेगी, तो आ जायेगी...'

सुनकर सनेही ने बुखारी में पड़े सामान को हटाकर उसे ख़ाली कर दिया था।

और उस दिन मुझे थोड़ा-सा ताज्जुब हुआ कि उसी दिन की दोपहरी में बिल्ली अपने बच्चों के साथ बुखारी में लेटी हुई थी। वह दृश्य देखकर मैं सोचने लगा था कि जानवर भी समझदार तो होते हैं; भले ही वे बोल नहीं पाते हैं!

उसके बाद, रोज़ाना बिल्ली और उसके बच्चों की दोपहरी बुखारी में ही बीतती। बच्चे, उसके आसपास लेटे-बैठे या उसके थनों से लगे हुए उसका दूध पीते होते थे। दोपहरी भर बिल्ली अपने बच्चों सहित बुखारी में रहती थी; और शाम के समय उसमें से निकलकर छत पर चली जाती थी...तब तक वहाँ से धूप निकल चुकी होती थी। वहाँ उसके पास उसके बच्चे उछल-कूद करते हुए खेलते रहते थे। उनका उछल-कूद करना मुझे निहायत ही मासूमियत से भरा लगता था।

उस तरह से एक के बाद एक दिन बीत रहे थे; और बीतते दिनों के साथ बिल्ली के बच्चे किंचित् बड़े होते जा रहे थे।

एक दिन मैं उस समय छत पर पहुँचा, जब बिल्ली और उसके बच्चे बुखारी से निकलकर छत पर पहुँच जाते थे...उस समय मैंने देखा कि बिल्ली का एक बच्चा छत पर रखे तुलसी-पौधे के गमले की गीली मिट्टी को अपनी जीभ से चाट रहा था...मैं समझ गया कि बच्चा प्यासा था और वह अपनी प्यास बुझाने के लिए गीली मिट्टी को चाट रहा था...उसके बाद बिल्ली का दूसरा बच्चा भी निकलकर आया और वह भी गमले की गीली मिट्टी पर अपनी जीभ रगड़ने लगा। वह देखने के बाद मुझे ख़ुद के लिए हैरानी हुई कि मेरे ज़ेहन में तब तक वह बात क्यों नहीं आयी थी कि तपती गर्मी के मौसम में बिल्ली के बच्चों को प्यास लगती होगी; और उनके पीने के लिए पानी वहाँ था नहीं!

तो उस दिन छत से उतर कर मैंने सनेही से कहा, 'अभी बाज़ार जाओ; और वहाँ से तीन सकोरे ख़रीदकर ले आओ...बिल्ली और उसके बच्चों के लिए!'

उसके बाद सनेही बाज़ार से मिट्टी के तीन सकोरे ले आया था; और उसने मेरी हिदायत के अनुसार छत की मुँडेर पर रखकर उन्हें पानी से भर दिया था।

उसके बाद मैं कुछ देर तक छत पर ही रहा। कुछ समय तक तो बच्चे कहीं दिखाई नहीं दिये। फिर वे एक-एक कर धीरे-धीरे चलते हुए सकोरों के पास पहुँचे और उनमें भरे पानी को जीभ से चाट-चाटकर पीने लगे...वह देखकर मुझे बेइन्तिहा ख़ुशी हुई थी।

अगले दिन मैंने सनेही से कहा था, 'ऐसा करो सनेही!...एक कटोरे में थोड़ा दूध लेकर आओ...हो सकता है बच्चे भूखे भी रहते हों...अब थोड़े बड़े भी हो गये

हैं...बिल्ली का दूध पीकर हो सकता है, उनकी भूख न मिट पाती हो!...तो एक सकोरे में दूध भर कर रख दो...दो में पानी भर देना!'

जैसा मैंने कहा था, सनेही ने वैसा ही किया।

थोड़ी देर बाद मैंने ऊपर जाकर देखा—दूध का सकोरा जीभों के द्वारा चटा हुआ पूरी तरह साफ़ पड़ा था।

वह देखकर मैंने सनेही से सकोरे में और दूध डालने को कहा था।...

उस तरह से कई दिन तक चलता रहा।

बिल्ली और उसके बच्चे घर के मानो अभ्यस्त हो गये थे। तब वे मेरी और सनेही की उपस्थिति के बावजूद बेहिचक सकोरों में से दूध या पानी पीने चले आते थे...वे घर-परिवार का एक हिस्सा—जैसे बन गये थे।

उसी तरह दिन बीतते रहे।

परन्तु उसके बाद एक दिन ऐसा आया कि जिसकी मैंने कभी कल्पना तक न की थी...उस दिन मैं छत पर पहुँचा तब मैंने पाया कि वहाँ न बिल्ली थी, न ही उसके बच्चे! उस दिन सवेरे से शाम और रात तक देखा; पर वे नहीं दिखाई दिये! वे, जो कई हफ़्तों तक छत पर रहते हुए घर-परिवार का जैसे अभिन्न हिस्सा बन गये थे...

तब मैं समझ गया कि बिल्ली अपने बच्चों को लेकर कहीं चली गयी। मेरे ज़ेहन में तो स्पष्ट था कि बिल्ली बच्चों को लेकर चली गयी; किन्तु मेरा मन न मानता था! इसलिए मैंने दूसरे दिन भी देखा; तीसरे दिन भी। आगे के कई दिनों तक इन्तज़ार किया। पर बिल्ली और उसके बच्चे फिर कभी छत पर दिखाई नहीं दिये...

इसके बावजूद मैंने एक दिन सनेही से कहा था, 'सनेही, छत की मुँडेर पर बिल्ली और उसके बच्चों के लिए जो सकोरे रखे हैं, उन्हें उठाना मत! रखे रहने देना!...हो सकता है कि वे फिर किसी दिन लौट के आ जायें...तो वे सकोरे आज तक वहाँ जैसे-के-तैसे रखे हुए हैं..."

कहे जाने के बाद, भीतर से एक गहरी निःश्वास सुनाई दी थी; उसके बाद भीतर कुछ देर तक सन्नाटा रहा। और जब सन्नाटा टूटा, तो भीतर से आती आवाज़ में पीड़ा और उदासी के स्वर घुले-मिले हुए थे, "यह घर, आज जिसके बन्द दरवाज़े के पीछे मैं बैठा हुआ हूँ, एक समय हर उस शख़्स के लिए खुला रहता था जिसको मेरी ज़रूरत होती थी...मैं तो गाँव की बाहें फैलाये खुली ज़मीन से आया हुआ आदमी जो ठहरा! ना कि कोई शहर की चिकनी-चौड़ी सड़कों की अगल-बग़ल बनी ऊँची अट्टालिकाओं का आदमी!...वे जो उन ऊँची कोठियों में रहते हैं, उन्हें उन कोठियों के गेट के पास से आती किसी आदमी की पुकार अनसुनी कर

देने की आदत होती है! वे उस पुकार लगाने वाले आदमी को झाँककर देखने की ज़हमत उठाना फ़िजूल समझते हैं; क्योंकि वह पुकारता आदमी उन्हें या तो कोई सेल्समैन या फिर कोई भिखारी लगता है! भले ही वह उन्हें कोई चीज़ ख़रीदने के लिए नहीं पुकार रहा हो या कुछ देने के लिए नहीं पुकार रहा हो! वे तो गेट के बाहर खड़े आदमी की पुकार सुनना ही नहीं चाहते हैं; क्योंकि वे ऊँची-भव्य कोठियों में रहने के बाद मनुष्य नहीं, मनुष्य के आकार भर रह जाते हैं; क्योंकि उनके आसपास फैला बहुरंगी सुख उनकी अन्तरात्मा को नोंचकर उनके शरीर से अलग फेंक चुका होता है..."

और अचानक भीतर से आती आवाज़ में एक कड़वाहट-सी घुल गयी थी, "ऐसा क्यों न हो? आख़िर यह बौनों के वर्चस्व और बहुवचन का समय जो ठहरा!..बौने वे नहीं होते जिनके शरीरों के क़द छोटे होते हैं; बौने तो वे होते हैं जिनकी मनुष्यता गिरी हुई होती है; बौने वे होते हैं जो नैतिकता और संवेदना से मुक्ति को ही स्वतन्त्रता मानते हैं और अपनी अन्तरात्मा को गिरा चुके होते हैं!...पर मैं..."

कही जा रही बात को अधूरा छोड़ती हुई भीतर की आवाज़ अचानक घुट-सी गयी। उसके बाद देर तक भीतर सन्नाटा रहा।

तब बाहर से मैंने ही कहा, "सर, आगे बताइए...और वह, जैसा कि आप कह रहे थे कि श्रीनिवास के पास से वापस आने के बाद यहाँ मनुष्यता का एक और चेहरा आपका इन्तज़ार कर रहा था...वह क्या था सर?"

भीतर से फिर भी कोई भी जवाब नहीं आया; तो मैंने फिर कहा, "सर, बताइए प्लीज! क्या हुआ था आपके लौटने पर?"

कुछ क्षणों बाद भीतर से सुनाई दी आवाज़ एक विचलित और भग्न आवाज़ थी, "वह हुआ था जो मैंने नहीं सोचा था!...ठीक वैसे ही हैरान और अचम्भित करने वाला, जैसे पहले हुआ था...जो हुआ था, वह, पहले हो चुके का ही मानो दूसरा चेहरा था—जैसे किसी सिक्के का दूसरा चेहरा!...पहले जो हुआ था, उसको अंजाम देने वाला मेरा अपना आत्मज था, जिसने एक दिन अचानक मेरी आत्मीयता से मुँह फेर लिया था और मुझे असहनीय सदमे में धकेल दिया था...और उसी सदमे से उबरने के लिए मैंने एक अपरिचित को आत्मीय बनाया था...पर उसने भी...!... जिसको मैं अपना विश्वास सौंपकर श्रीनिवास के यहाँ गया था; वह, सनेही, वापस लौटने पर मुझे इस घर में नहीं मिला था! और न ही मिला था घर का वह सामान जो थोड़ा-बहुत क़ीमती था!...बात सामान की नहीं है; बात तो सम्बन्ध और विश्वास

की है!...अरे...वह मुझसे फ्रीज़ और टीवी, मुँह खोलकर माँग लेता...पर उसने..." कहने के साथ ही भीतर से आती आवाज़ जैसे रूँध गयी...

उसके बाद देर तक भीतर सन्नाटा बना रहा। जब काफ़ी देर तक भीतर से कोई आवाज़ सुनाई नहीं दी; तब बाहर से मैंने कहा, "सर, आपसे सिर्फ़ एक और सवाल...आख़िरी सवाल...आप घर से बाहर क्यों नहीं निकलते हैं?...किसी से मिलते क्यों नहीं हैं? मिलना क्यों नहीं चाहते हैं?"

चन्द पलों तक फैले रहे आवाज़ के शून्य के बीच भीतर से कुछ टूटे-बिखरे-से शब्द सुनाई दिये, "इसलिए कि...अब...मनुष्यों को देखकर मुझे डर लगता है!"

सुनकर मैं अवाक् था!...

भाग : दो

दाह

भीतर के अँधेरे की परतें दरअसल इतनी गाढ़ी और ठोस थीं कि बाहर के उजाले उन्हें टस-से-मस नहीं कर पा रहे थे...

...उसने एक लम्बी यात्रा पूरी की थी...वह यात्रा जिससे मिलने के लिए की थी उससे उसकी मुलाक़ात बरसों से नहीं हुई थी।...पर अन्तत: वह उसके दरवाज़े पर था। रात के नौ बज चुके थे। वह बिना पूर्वसूचना के वहाँ पहुँचा था। वह जानता था कि सूचना-साधनों की अतिबहुलता ने मनुष्य के भीतर एक बहुपरतीय अन्धकार भर दिया है! इसलिए वह सेलफ़ोन सहित तमाम सूचना-साधनों को कई साल पहले ख़ुद से दूर कर चुका था...उन साधनों का पैदा किया अँधेरा अपनी आँखों से देखा था उसने!...

उसने डोर-बेल का बटन दबाया; और वह दरवाज़ा खुलने का इन्तज़ार करने लगा। थोड़ी देर में दरवाज़ा खुला और उसके सामने जो आदमी खड़ा था, उसे देखकर एकबारगी वह चौंक गया। यही नहीं, दरवाज़े को खोलने वाला भी अपने सामने वाले को देखकर हक्का-बक्का और हैरान था!

कुछ देर तक दोनों उसी तरह दरवाज़े पर आमने-सामने खड़े रहे। उसके बाद उसने दरवाज़ा खोलने वाले से कहा, "क्या मुझसे अन्दर आने को नहीं कहोगे?"

"क्यों?" दरवाज़ा खोलने वाले ने लगभग बेख़ुदी की-सी हालत में कहा, "अन्दर आकर क्या करोगे?"

"मैं तो तुम्हीं से मिलने आया हूँ..." उसने कहा।

"पर...यहाँ अब कोई किसी से मिलता-जुलता नहीं है; इसलिए मुझे अब किसी से मिलने-जुलने की आदत नहीं रही!" दरवाज़ा खोलने वाले ने पीछा छुड़ाने के लहजे में कहा।

"मुझे मालूम है...अब कहीं भी कोई किसी से मिलता-जुलता नहीं है...पर मैं तो तुमसे मिलने ही आया हूँ..." उसने कहा।

"ओ...हाँ," दरवाज़ा खोलने वाले की जैसे झक्की खुली हो, उसने कहा, "आओ...आ जाओ!" कहकर वह घर के भीतर की ओर लौट पड़ा।

वह उसके पीछे-पीछे घर के भीतर पहुँचा।

भीतर पहुँचकर उसने सरसरी निगाह से घर का जायज़ा लिया। घर के भीतर घर–जैसा कुछ नहीं था। घर के नाम पर वह एक कमरा था, जिससे जुड़े किचन और बाथरूम के उढ़के हुए दरवाज़े उसे दिखाई दिये। घर नाम का वह कमरा निहायत बेरौनक और मटमैला था, जिसकी ख़ाली दीवारों में से एक पर सन् 2070 ईसवी का कैलेंडर टँगा हुआ था। कमरे में एक खटल्ला पड़ा था जिसकी बिछावन के कपड़े उसके ऊपर अस्त-व्यस्त पड़े हुए थे। खटल्ले से बची जगह में प्लास्टिक की धुँधले रंग की एक कुर्सी पड़ी हुई थी; और ज़मीन पर एक चटाई बिछी थी...

दरवाज़ा खोलने वाले यानी मेज़बान ने कमरे के भीतर पहुँचने के बाद, उससे मिलने आये आदमी यानी मेहमान से, कुर्सी की ओर इशारा करते हुए कहा, "बैठो!"

सुनकर मेहमान ने एक बार फिर कुर्सी को देखा। उसके बाद उसने अपने कन्धे पर टँगा बैग उतारकर ज़मीन पर रखा; और वह कुर्सी पर बैठ गया। उसके कुर्सी पर बैठने के साथ ही मेज़बान खटल्ले पर पड़े कपड़े एक तरफ़ कर उस पर बैठ गया।

उसके बाद देर तक कमरे के भीतर एक सन्नाटे भरी चुप्पी छायी रही। उस दरमियान कमरे में मौजूद दोनों अपना मुँह सिये बैठे सिर्फ़ देखते रहे!...वे दोनों उस थोड़े-से उजाले को देखते रहे, जो कमरे में लगे छोटे-से एलईडी बल्ब से निकलकर कमरे में मौजूद था।...

वे दोनों बरसों बाद मिले थे। इतने बरसों के बाद कि मिलने के समय लगभग बेपहचान हो गये चेहरों के साथ बूढ़े थे। अलबत्ता दोनों एक-दूसरे द्वारा पहचान लिये गये थे! पहचान दरअसल सिर्फ़ बाहर की आँखों के द्वारा ही नहीं होती है, जो चेहरों को देखकर पहचानती हैं; पहचान भीतर की उन आँखों के द्वारा भी होती है जो चेहरों के पार देखकर शिनाख़्त करती हैं...वे दोनों उस समय अठारह-उन्नीस साल के युवा थे, जब इक्कीसवीं सदी ईसवी की दूसरी दहाई का चौथा बरस चल रहा था...यह वह समय था जिसमें देश की सरज़मीन पर एक ऐसे महालबार (जिसे लोग 'महापुरुष' कहते थे) का पदार्पण/पदारोहण हुआ था, जो लोगों को बताता रहता था कि यूनान के सम्राट सिकन्दर से उसकी अच्छी दोस्ती थी कि वह अपने बचपन के दिनों में शेरों और मगरमच्छों के साथ खेलता था कि उसने बरसों तक हिमालय पर जाकर तपस्या की थी कि उसने जवानी के दिनों में एक ऐसा आविष्कार किया था कि जिससे वह गन्दे नाले के पानी में नली डालकर उसकी गैस से चाय बना लेता था कि 'इमरजेंसी' के दौरान वह अपने मित्रों को ई-मेल के ज़रिये सूचनाएँ भेजा करता था!...वह महालबार इसी तरह की बहुतेरी बातें लोगों से कहता रहता था; और उसकी ऐसी बातें सच मानकर लोग ख़ुशी से लहालोट होते रहते थे!... लब्बोलुआब यह कि यह वही समय था, जब वे दोनों अठारह-उन्नीस बरस के युवा

थे। अपने उस युवा-काल में वे दोनों अक्सर एक-दूसरे से मिला करते थे। पर उसके बाद के कई वर्षों के दरमियान उन दोनों को कभी एक-दूसरे के रू-ब-रू होने का मौक़ा नहीं मिला था...

चुप्पी को छाये हुए काफ़ी देर हो गयी; तो मेहमान ने मेज़बान की आँखों में झाँकते हुए कमरे में मौजूद उस चुप्पी को भंग किया, "कैसे हो?"

सुनकर मेज़बान ने क्षण भर को पूछने वाले की तरफ़ देखा; उसके बाद वह फिर नाक की सीध में देखने लगा। देर तक उधर ही देखता रहा। फिर उसे लगा कि बहुत देर हो गयी, तो उसने पूछने वाले की तरफ़ दोबारा देखते हुए मुँह खोला, "कैसा हूँ, यह तो मैं ख़ुद भी नहीं जानता, तो तुम्हें क्या बताऊँ!...कैसा क्या, मुझे तो यह भी नहीं पता कि मैं हूँ भी या नहीं!...कभी-कभी लगता है कि हूँ ही नहीं!"

यह सुनकर मेहमान को हैरानी नहीं हुई। उसने एक बार फिर मेज़बान की आँखों में देखा : उनमें एक गहरी उदासी, हताशा और निराशा के साये थे। उसने सान्त्वना के लिए कहा, "कैसी बात करते हो!..."

"मैंने वही कहा है जो महसूस करता हूँ!"

"क्यों?...क्यों महसूस करते हो ऐसा?"

"क्या तुम्हें यह नहीं पता कि मनुष्य का अन्त हुए कितना अरसा हो गया!"

"पता है!...पर...तुम अपनी बताओ...क्या हुआ था कि...?"

"क्या फ़ायदा अब उसको सुनाने का!...बड़ी बेरहम कहानी है...मेरी ही नहीं, बीते पूरे समय की ही कहानी क्रूरता भरी है!...मैं तो समय की उस कहानी का एक अदना-सा पात्र हूँ...चाहे अनचाहे..."

"कैसे...? मैं यही जानने तो आया हूँ तुम्हारे पास!" मेहमान ने कहा।

सुनकर मेज़बान के चेहरे पर एक अजीब तरह का अहसास नुमायाँ हो उठा। वह अब मेहमान की तरफ़ नहीं देख रहा था; यहाँ तक कि किसी भी भौतिक उपस्थित की तरफ़ नहीं देख रहा था। वह तो अब जैसे अपने भीतर देख रहा था, अपनी स्मृतियों में झाँक रहा था...जैसे दीये की लौ झपकियाँ लेती है...अँधेरा...उजाला...अँधेरा... उजाला...वह बोला, "लैंडिंग तो शानदार हुई थी...पर अफ़सोस कि यह पता बहुत देर में लगा कि वह ज़मीन पर नहीं हुई थी; वह हवा में हुई लैंडिंग थी!...उसके बाद कुछ किया नहीं जा सकता था!...

...वह समय ही कुछ ऐसा था, जिसमें मनुष्य की प्राथमिकताएँ बदली हुई थीं; जिसमें ऊपर दिखते को तरजीह दी जाती थी–भीतर छिपे हुए को नहीं; जिसमें चीज़ें

चमक के पैमाने पर परखी जाती थीं!...यह बात हर चीज़ पर लागू थी...फिर चाहे वह कोई इन्सान हो या कोई लिबास या कोई रिहाइश या कोई भी कमोडिटी!...तो उसी समय के दौरान एक दिन उससे मुलाक़ात हुई...अचानक! उस मुलाक़ात के वक़्त चमक और धमक में डूबा मंज़र था...रोशनियों की चमक और ध्वनियों की धमक ने जैसे बाक़ी दुनिया को नदारद किया हुआ था! बाक़ी दुनिया यानी मनुष्यों के व्यक्तिगत और सामाजिक सम्बन्धों का संसार!...तो उस चमक और धमक से भरे मंज़र के बीच उस वक़्त मेरे दिमाग़ से सारे रिश्ते-नाते, ज़िम्मेदारियाँ, सामाजिक मान्यताएँ और कर्तव्य-बोध ग़ायब थे!...दिमाग़ में यदि कुछ था तो वहाँ मौजूद रोशनियों से सराबोर शोर भरे संगीत में डूबा मंज़र...उसी मंज़र के बीच उससे मुलाक़ात हुई...वह निहायत अपरिचित लड़की, मुझे गोया आसमान से उतरी लगी थी...क्या कहूँ, उससे उस पहली मुलाक़ात के बारे में, जिसने अचानक मेरी दुनिया को ही बदलकर रख दिया था!...हमारे शहर के एक मिनी मॉल में हुई थी वह मुलाक़ात!...मैं बी.बी.ए. कर चुका था; और सिर्फ़ उसी की बदौलत आसमान में उड़ रहा था...मेरे ज़ेहन में सुख-सुविधा और लक्ज़री से भरी दुनिया की हसरत और तलब तारी थी...मुझे लगता था कि बी.ए., बी.कॉम.–जैसी घिसी-पिटी डिग्रियों के मुकाबले बी.बी.ए. वह डिग्री है जिसके नाम में ही एडमिनिस्ट्रेशन पैवस्त है–बिजनेस एडमिनिस्ट्रेशन!...तो मैं उन दिनों महज़ बी.बी.ए. की डिग्री के दम पर एक नयी और चमक भरी दुनिया की ओर मुँह किये हुए था!...उन दिनों मुझे न घर पर बना खाना अच्छा लगता था, न ही घर का एकरस वातावरण!...तो मैं अक्सर शहर के किसी रेस्टोरेंट, मॉल या मिनी मॉल के फूड प्लाज़ा में नये-नये नामोंवाली डिशेज़ का लुत्फ़ लेने लगा था!... वहाँ का खाना स्वाद से ज़्यादा माहौल की चमक-धमक के कारण लुत्फ देता था मुझे!...तो उस दिन मैं शहर के एक मिनी मॉल में था...मैंने वहाँ के फूड-लाउंज में बैठकर पिज़्ज़ा आर्डर किया हुआ था, जिसके आने का मैं इन्तज़ार कर रहा था कि तभी मेरे कानों ने सुना, 'हेलो!'...मैंने आवाज़ की ओर देखा तो वहाँ एक लड़की थी–जींस और टॉप पहने, एवरेज़ से कुछ टॉल; ख़ूबसूरत मुस्कान के साथ, 'क्या मैं आपके साथ टेबल शेयर कर सकती हूँ?' उसने मुझसे पूछा।

मेरे लिए वह एक बिल्कुल नया अनुभव था। पर मेरी ख़ुद से अर्जित स्मार्टनेस ने मुझे तुरन्त रिस्पोंड करने के लिए बाध्य किया और मैंने कहा, 'यस, आफकोर्स!' मैंने टेबल के गिर्द पड़ी कुर्सी की ओर इशारा किया था।

'थैंक्स!' कहकर वह अपना पर्स टेबल पर रखती हुई कुर्सी पर बैठ गयी।

मैं जिस तरह के पारिवारिक संस्कारों के बीच पला-बढ़ा था, उसके कारण किसी अनजान लड़की के प्रति बहुत जल्दी खुल पाना मेरे लिए थोड़ा मुश्किल था। थोड़ी देर तक मैं उसे नज़रअन्दाज़ करता चुपचाप बैठा रहा।

इस बीच मेरा पिज़्ज़ा आ गया। तो मैंने औपचारिकतावश सामने बैठी लड़की से कहा, 'आप कुछ लेंगी?'

लड़की ने अपने लिपस्टिक से रँगे सुर्ख होंठों पर मुस्कान के साथ कहा, 'नो, थैंक्स!...मैं तो सिर्फ़ आपसे बातचीत करने के पर्पज से...'

'मुझसे बातचीत!...पर मैं तो आपको जानता नहीं!' मैंने हैरानी से उसकी ओर देखा था।

'एब्सोल्यूटली! जानती मैं भी नहीं आपको!' लड़की ने तपाक से कहा, 'बस, आप मुझे अकेले बैठे दिखे; और इनफैक्ट आप मुझे अच्छे लगे, तो मैंने सोचा कि आपके साथ बैठा जाये!...बस, दैट्स इट!'

'ओके!...पर आप साथ बैठी हैं तो कुछ तो लीजिए!' मैंने बतौर फॉर्मेलिटी कहा।

'ठीक है...एक कॉफ़ी!'

मैंने बैरे को बुलाकर कॉफ़ी आर्डर की थी।

उसने मेरे सामने की प्लेट की ओर इशारा कर कहा, 'आप खाइए ना!... पिज़्ज़ा ठण्डा हो जायेगा!'

'आपकी कॉफ़ी आ जाने के बाद साथ...'

'ओके...बट आप मुझे 'आप' 'आप' क्यों कह रहे हैं...मेरा नाम सेवन्ती है!' उसने कहा और बताया; उसके बाद उसने प्रसंग बदला, 'बाइ द वे आप क्या करते हैं?'

'अभी तो जॉबलेस हूँ...अभी बी.बी.ए. कम्प्लीट किया है!'

'ओके! मैं तो आपके एटीट्यूड और ड्रेसिंग सेंस को देखकर ही समझ गयी थी कि आप किसी न्यू एंड लेटेस्ट फ़ील्ड से हैं...बिजनेस एडमिनिस्ट्रेशन इज़ ए लेटेस्ट च्वाइस ऑफ़ यूथ...मैंने आई.टी. से बी.ई. किया हुआ है...जॉब भी मिली हुई है!' सेवन्ती ने अपने बारे में बताने के बाद उम्मीद जतायी थी, 'आई होप आपको भी जल्दी मिल जायेगी!'

मैंने उसके शब्दों में मौजूद को उसकी आँखों में भी महसूस किया और कहा, 'थैंक्स!'

उसी समय उसकी कॉफी आ गयी। उसके बाद मैंने पिज़्ज़ा खाया, उसने कॉफ़ी पी।

वह बातचीत करती हुई, मेरी आँखों में देखती रही थी...

वह पहले दिन की मुलाक़ात बस इतनी थी; पर उस इतनी भर मुलाक़ात के असर दूर तक गये!...उस दिन के बाद हम अक्सर किसी-न-किसी रेस्त्राँ या मॉल में मिलने लगे थे...तब वह मिलना सिर्फ़ मिलना नहीं रह गया था; बल्कि एक प्रकार की अन्तरंगता में बदल गया था!...उस दौरान ही कुछ—एक बार मैं उसे अपने

साथ घर भी ले गया था। पर मैंने उसे अपने माँ-बाप से नहीं मिलाया था...उसने भी उनसे मिलने की इच्छा नहीं जतायी थी!...बस, हम साथ-साथ घर पहुँचते... घर, मतलब मेरे कमरे में!...उसके बाद मैं उसे जहाँ वह चाहती, वहाँ ड्रॉप कर देता था!...तो यह सब कुछ समय तक चलता रहा...फिर उसने एक दिन मुझसे कहा, 'लाइफ़ को इंज्वाय करना है, तो हमें फेमिली से अलग होना पड़ेगा!' मुझे उसकी बात कुछ अटपटी लगी, तो मैंने उससे कहा, 'फेमिली से अलग!...मतलब?'... सुनकर उसने कहा, 'देखो, एक समय था जब इन्सान की लाइफ़ में फेमिली का इम्पोर्टेंस हुआ करता था, पर आज का समय दूसरा है...कुछ समय पहले तक ज्वाइंट फेमिलीज़ हुआ करती थीं, जिसमें मदर-फ़ादर, दादा-दादी, चाचा-चाची, ताऊ-ताई सब-के-सब एक साथ रहा करते थे...पर अब ऐसा कहीं देखने को नहीं मिलता!... अब तो न्यूक्लियर फेमिली से भी आगे जा चुका है टाइम!...इन फैक्ट फेमिली का कॉन्सेप्ट ही एक बन्धन लगने लगा है अब लोगों को; क्योंकि अब हर किसी को फ्रीडम चाहिए...एब्सोल्यूट फ्रीडम!...इसलिए अब नो फेमिली! नाउ ऐवरीवन इज़ इंडिविजुअल! ऐवरीवन वांट टु बी इंडिविजुअल!...यही सही है।' वह उस वक़्त बीस-इक्कीस साल की लड़की की तरह नहीं, किसी उम्रदराज़ सोशियोलॉजिस्ट की तरह बात कर रही थी। उसकी बात सुनकर उस समय मेरे मन में एक सवाल उठा, जो मैंने उसके सामने रखा था, 'तो क्या हम शादी के बाद भी इंडिविजुअल होंगे?' सुनकर उसने तपाक से कहा, 'हम शादी करेंगे ही क्यों?' उसकी यह बात सुनकर मैंने अपनी सहज हैरानी के साथ उसकी आँखों में देखते हुए कहा, 'तो?'...उसने फ़ौरन जवाब दिया, 'रिलेशनशिप में रहेंगे!...लिव-इन-रिलेशनशिप का कॉन्सेप्ट आया ही इसलिए है न्यू सोसायटी में कि दोनों पार्टनर को फ्रीडम रहे!' उस समय उसकी बात मेरे लिए थोड़ी अलग हटकर ज़रूर थी, पर कन्विंसिंग थी!...इसके अलावा यह भी था कि मैं उन दिनों एक तिलिस्म की गिरफ़्त में था...शरीर एक तिलिस्म से कम नहीं होता। और शरीर का तिलिस्म मेरे ऊपर हावी था...यह भी मुझे बहुत देर के बाद समझ में आया था कि किसी भी पुरुष के लिए स्त्री-शरीर से बड़ा तिलिस्म इस संसार में दूसरा कोई नहीं होता।...

तो उसके बाद मैंने सेवन्ती के साथ के लिए अपना घर छोड़ दिया था—अपने माँ-बाप को बताये बगैर!...

उस सिचुएशन में मेरे माँ-बाप पर क्या गुज़री होगी, यह मुझे बहुत देर बाद समझ में आया...या इसे इस तरह से कहूँ तो ज़्यादा ठीक होगा कि मुझे तब समझ में आया, जब बहुत देर हो चुकी थी!...इसके बारे में मैं तुम्हें बाद में बताऊँगा; उसके पहले यह सुन लो कि घर छोड़ कर या कहूँ माँ-बाप को छोड़कर जाने के

बाद मेरा क्या हुआ!. बड़ी क्रूर कहानी है वह!...अब लगता है कि कैसा अन्धत्व था वह!...तुमने ख़ुद भी बाज़ दफा महसूस किया होगा कि हमारी आँखें खुली होती हैं, हम खुली आँखों से देख भी रहे होते हैं; मगर वह नहीं देख रहे होते हैं जो आँखों के सामने होता है; बल्कि वह देख रहे होते हैं जो हमारे दिमाग़ में मौजूद होता है! यह एक प्रकार का अन्धत्व ही होता है...इसे चित्त का विचलन भी कह सकते हैं...इस विचलन को मैं अन्धत्व इसलिए कह रहा हूँ कि जो आँखों के सामने होता है, वह दिखाई ही नहीं देता। फिर जब हम उस स्थिति से मुक्त होते हैं, तब हम चौंक उठते हैं कि अरे, जो हमारे सामने था वह हमें दिखाई ही नहीं दिया।...तो मैं उस स्थिति के बारे में अक्सर सोचता हूँ कि वह कैसा अन्धत्व था कि मुझे अपने माँ-बाप दिखाई देना बन्द हो गये–वे माँ-बाप जो मेरी आँखों के सामने थे; और जिनके कारण मेरा अस्तित्व था, मुझे दिखाई देना बन्द हो गये!...मुझे वह दिखाई देने लगा था जो मेरी आँखों के सामने था ही नहीं!...जैसे प्यासे हिरन को सूरज की धूप में आभासित वह झाँईं, झिलमिल करता पानी दिखाई देती है जो पानी नहीं होती! फिर वह उस तक पहुँचने के लिए दौड़ता रहता है, जो कहीं है ही नहीं।...मेरे साथ भी कुछ वैसा ही हुआ था।...मैं अपने घर–अपने माँ-बाप को छोड़कर, सेवन्ती के साथ उस दुनिया की तरफ़ चल दिया था जो आकर्षक तो दिखती थी; पर वास्तव में कहीं थी ही नहीं!...वह दुनिया एक मृगछलना थी!...

बहरहाल, मैंने घर ही नहीं शहर भी छोड़ दिया था–सेवन्ती के साथ।...

उसके बाद हम दोनों की पहली ज़रूरत यह थी कि पैरों के नीचे ज़मीन हो; और सिर के ऊपर छत!...तो कुछ दिनों में, जैसे-तैसे एक कमरे की रिहाइश का जुगाड़ किया।...उसके बाद की हमारी ज़रूरत थी जॉब–कोई ऐसा जॉब, जो ठीक-ठाक पैसे भी दे और थोड़ा-सा सम्मान भी।...मेरे पास बी.बी.ए. की एक डिग्री भर कुव्वत थी; और सेवन्ती ने पहली मुलाक़ात के समय ख़ुद को जॉबशुदा बताया था, पर घर छोड़ने के बाद वह कहने लगी कि उस जॉब को वह कंटीन्यू नहीं करना चाहती, कोई दूसरी जॉब देखेगी।...तो कुछ समय तक हम दोनों ने जॉब के लिए इधर-उधर हाथ-पाँव मारे...कुछ दिनों की दौड़-भाग के बाद बी.बी.ए. और बी.ई. की हैसियत मुताबिक प्राइवेट जॉब हम दोनों को अलग-अलग जगह मिल गया... लगा, गाड़ी पटरी पर चलने लगी है।...

पर कुछ ही समय बीतने के बाद मुझे लगने लगा था कि घर छोड़ने का मतलब क्या होता है।...साल-दो साल के भीतर ही मुझे महसूस होने लगा कि कुछ छूट गया है। कुछ ऐसा छूट गया है जिससे अपनेपन के तार जुड़े हुए थे...ऐसा लगने लगा था जैसा उस पेड़ को लगता होगा, जिसकी जड़ें ज़मीन से उखड़ गयी हों।...

उस अहसास के साथ मैं अपने आप को असहाय महसूस करता।...उखड़ी हुई जड़ों को फिर से ज़मीन में गाड़ पाना सम्भव नहीं लगता।...हिम्मत नहीं पड़ती थी। मम्मी और पापा के चेहरे बार-बार आँखों में आते...पर उनका सामना कर पाने की हिम्मत नहीं जुटती थी।...जिस ज़मीन से अपने आपको ख़ुद ही उखाड़कर अलग कर लिया था उस ज़मीन से फिर जुड़ने की इच्छा बार-बार भीतर से उमगती।... पर...पर कुछ नहीं कर सका।...ऊपर से देखने को सब कुछ सामान्य-जैसा ही चल रहा था...पैसे से ख़रीदे सुख-साधनों का उपयोग–उपभोग...ऑफ़िस जाना...वहाँ से लौटना...खाना...सोना। अगले दिन उठकर फिर वही! वीकएंड पर तफ़रीह...सब चलता रहा–सामान्य–जैसा! पर भीतर सब कुछ सूखा लगता–रसहीन...सब कुछ! समूची मनुष्य-जाति को देखकर लगता कि उसमें कुछ भी रस नहीं बचा है–उकठ कर ठंट हो गयी है–रसहीन।...यह सामान्य बात नहीं थी। पर ऊपर से देखने में सब कुछ सामान्य जैसा था।...चलता रहा...उसी तरह।...

उसी तरह दिन, हफ़्ते, महीने गुज़रते हुए चार साल बीत गये...

उसके बाद एक दिन ऐसा आया, जिसमें लोगों ने देशबन्दी की वह मुनादी सुनी, जिसने देश के ग़रीबों के काम-धन्धे रोज़ी-रोटी छीन लिये; अमीरों के उद्योग-व्यापार-व्यवसाय को तालाबन्द करा दिया; और बीच वालों यानी मिडिल क्लासियों को उनके सुख-सुविधाओं, ऐशो-आरामों के साधन-स्रोतों से वंचित कर दिया!...वह मुनादी हवा में अचानक आ गये उस रहस्यमय रोग की रोकथाम के लिए की गयी थी, जिसे एक इन्सान से दूसरे इन्सान तक पहुँचने वाला बताया गया था; और उससे बचने के लिए एक इन्सान का दूसरे इन्सान से दूर रहना ज़रूरी बताया गया था।... तो उस मुनादी के फलस्वरूप देश भर में सभी तरह के काम-कारोबार बन्द करा दिये गये...सरकारी-निजी-सहकारी दफ़्तर बन्द, मिलें बन्द, फैक्टरियाँ बन्द, निर्माण बन्द, दुकानें बन्द, मॉल बन्द, सिनेमाघर बन्द, होटल बन्द, रेस्टोरेंट बन्द, ढाबे बन्द, खोमचे बन्द, 'जोमेटो'-फूड–डिलीवरी बन्द, 'स्विगी'-फूड डिलीवरी बन्द, 'डोमिनोज'–'पिज़्ज़ाहट'–होम डिलीवरी बन्द, टिफ़िन-होम-डिलीवरी बन्द यानी सब कुछ बन्द।...और फिर इस सब कुछ बन्द के नतीजे बड़े भयानक निकले... इसका सबसे ज़्यादा ख़ामियाजा उन ग़रीब लोगों ने भुगता, जो रोज़ कमाकर खाते थे...काम के न मिलने से उनको भूखों मरने की नौबत का सामना करना पड़ा। उनके बाद इसका ख़ामियाजा उन लोगों ने भुगता, जो या तो बिल्कुल अकेले रहते थे या फिर जो बाहर से तैयार खाना मँगाकर खाने पर निर्भर थे...ऐसे लोगों के भी भूख से मर जाने की नौबत आ गयी।...हम ऐसे ही लोगों में थे...हम न ग़रीब थे, न अमीर थे। हम बीच के यानी मध्यवर्गीय थे।...मध्यवर्ग में भी दो खाँचे थे...अभी भी हैं...

एक उच्च मध्यवर्ग, दूसरा निम्न मध्यवर्ग! हम निम्न मध्यवर्ग में फिट बैठते थे। इस वर्ग की ख़ासियत यह रही है कि यह इतना कमा लेता है कि ठीक-ठाक रहन-सहन, खान-पान के साथ जीवन जी सके; साथ ही इसकी एक विशेषता यह भी रही है कि महीने की पहली तारीख़ को मिली तनख़्वाह को महीने की आख़िरी तारीख़ तक निल बैलेंस हो जाने तक ख़र्च करता है।...हम दोनों इसी वर्ग के होने के साथ ही उस नयी जनरेशन के थे जो 'कमाओ और ऐशोआराम पर ख़र्च करो' और 'ऋणं कृत्वा घृतं पिवेत' अर्थात 'क़र्ज़ लो और घी पियो'–जैसे फॉर्मूलों को जीवन-मूल्य का दर्जा देती है।...तो हमने यानी मैंने और सेवन्ती ने अपने जीवन का उद्देश्य सिर्फ़ सुख-सुविधा–ऐश-आराम को मुहैया करना ही माना हुआ था...मैं कभी-कभार इस जीवन-सूत्र से इधर-उधर हो भी जाता था, पर सेवन्ती को ज़रा भी इधर-उधर होना पसन्द नहीं था...मैं तुमको एक वाक़या बताता हूँ...हम दोनों को घर छोड़कर दूसरे शहर में एक साथ रहते हुए क़रीब दो साल हो गये थे। एक दिन मेरे भीतर की बेसिक इंस्टिंक्ट जाग उठी थी और मुझे लगा था कि इन्सान के जीवन की सार्थकता और पूर्णता उसकी सन्तान से भी होती है; आख़िर मनुष्य की सन्तान पैदा करने की इच्छा के कारण ही तो इस संसार का सिलसिला चलता रहता है।...तो एक दिन मैंने सेवन्ती से कहा था, 'क्या अब हम बेबी प्लान करें?' सुनकर उसने मेरी ओर इस तरह देखा था जैसे किसी अजूबे को देखते हैं; फिर उलाहने के लहजे में कहा था, 'क्या यार! कैसी फुलिश थॉट है यह! वाट बेबी! एंड व्हाइ?' मुझे उसकी बात अच्छी नहीं लगी, तो मैंने कहा, 'इसमें क्या फुलिश है? क्या बच्चे पैदा करना फुलिश होता है?' सुनकर उसने मेरी आँखों में देखते हुए कहा, 'क्या तुम्हें मैं बच्चे पैदा करने की मशीन लगती हूँ?...मैं नये समय की औरत हूँ...नेवर थिंक अबाउट दिस!...अरे भई, मेरा तो क्लियर फंडा है, लिव एंड एंज्वाय लाइफ़! ज़िन्दगी न मिलेगी दोबारा! इसलिए ज़िन्दगी को अपने लिए जिओ!...मैं बच्चे पैदा कर अपने पैरों में बेड़ियाँ नहीं पहन सकती। ओके?' उसकी बात सुनने के बाद मैंने आगे कुछ नहीं कहा था...यह वाक़या मैंने इसलिए बताया कि वह अपने सुख और ऐशोआराम को ही जीवन का उद्देश्य मानती थी...तुम्हें यह जानकर शायद ताज्जुब होगा कि देशबन्दी की मुनादी होने तक हमें साथ-साथ रहते हुए चार साल बीत गये थे और उन चार सालों के बीच हमने एक भी दिन घर का बना खाना नहीं खाया था...घर में कभी खाना नहीं बना।...दोनों समय का खाना या तो ऑनलाइन ऑर्डर कर 'स्विगी' या 'जोमेटो' वग़ैरह द्वारा मँगवा लिया जाता था या फिर किसी रेस्टोरेंट या मॉल के फूड-प्लाज़ा में जाकर खाया जाता था।...घर पर सिर्फ़ चाय-कॉफ़ी बनती थी...चाय-कॉफ़ी के साथ के लिए स्नैक्स बाज़ार से लाये हुए रहते थे...चाय-कॉफ़ी के बर्तनों को साफ़ करने

और कमरे के झाड़-पोंछा करने के लिए रोज़ाना मेड आती थी...कपड़े धुलने लाउंड्री में जाते थे...हफ़्ते में कम-से-कम एक बार हम किसी मल्टीप्लैक्स या मॉल में मूवी देखने जाते थे; हफ़्ते में एक दिन शॉपिंग के लिए जाते थे।...तो इस तरह से हमारा जीवन सवेरे जागने से लेकर रात बिस्तर पर रहने तक सिर्फ़ अपने लिये था–अपने सुख और ऐशोआराम के लिए।...हमारे इन सुख और सुविधाओं से भरे हालात के बीच, अचानक आयी देशबन्दी की मुनादी ने हमारे सुख-चैन छीन लिये। हम उन सब सुविधाओं से वंचित हो गये, जिन्हें तब तक ख़रीदकर भोगते आये थे।...तब हम न किसी मॉल या रेस्टोरेंट में खाने के लिए जा पा रहे थे; न ऑनलाइन आर्डर कर अपना मनपसन्द खाना मँगा पा रहे थे; न घर–बर्तन साफ़ करने वाली मेड काम पर आ रही थी; न हम शॉपिंग के लिए मार्केट जा पा रहे थे...अपने ऑफ़िस वर्क भी हम घर में बैठकर ही निबटा रहे थे...उन स्थितियों में हमारी ज़िन्दगी की चूलें हिल गयी थीं–विशेष तौर पर सेवन्ती की। सुख-सुविधाओं की एडिक्ट हो चुकी वह उन स्थितियों में असहज रहने लगी थी...

और फिर एक दिन हमारा घर-परिवार ध्वस्त हो गया।...मैंने अभी 'घर-परिवार' कहा। वह इसलिए कि जब दो या दो से अधिक लोग एक ख़ास रिश्ते के कारण एक जगह पर रहने लगते हैं, तो उस स्थिति को 'परिवार' कहा जाता है; और परिवार जिस जगह पर रहता है उसे 'घर' कहते हैं; बेशक वह रिश्ता रक्त-सम्बन्ध भी हो सकता है और देह-सम्बन्ध भी; पर वह स्थिति घर-परिवार का दर्जा पा लेती है।... ठीक है, हम देह के रिश्ते के कारण एक साथ थे; पर तब भी एक 'परिवार' थे; और हमारे रहने की जगह 'घर' थी।...बहरहाल, वह घर-परिवार एक दिन उजड़ गया।... उसके उजड़ने का मुख्य कारण तो वह मुनादी ही थी, जिसने सुखों की टेउकी पर टिके 'घर-परिवार' को टेउकी हटाकर उजाड़ दिया। जब हम सुखों के सहारे जीने के आदी हो जाते हैं, तब ऐसा ही होता है। सुख सिर्फ़ शारीरिक ही नहीं होता; सुख के अनगिनत चेहरे होते हैं।...और फिर वह समय ही ऐसा था, जिसमें रिश्तों को कपड़ों की तरह बदला जाता था।...

उसके बाद, कुछ और समय मैंने इसी शहर में बिताया। उस समय में ऐसा एक भी पल नहीं बीता, जिसमें मैं अपने-आपको पछतावे से मुक्त कर पाया होऊँ। उस पछतावे के हर क्षण में मुझे अपना घर याद आता था–वह घर, जिसमें मेरे बनते हुए अस्तित्व के तमाम दिन गुज़रे थे।...मुझे अपने माँ-बाप को देखे अरसा हो गया

था।...पर मैं उनका सामना करने की हिम्मत अपने भीतर नहीं जुटा पा रहा था।... हालाँकि बीच में एक बार अचानक पिता से मेरा सामना हो गया था, यहीं के एक मॉल में!...पता नहीं, वे उस दिन मॉल में कैसे मौजूद थे!...पर उस समय भी मैं उनसे आँख नहीं मिला पाया था; और वहाँ से निकल लिया था...उसी समय में मैंने एक दिन अख़बार के एक पन्ने पर घर के बारे में छपी कुछ पंक्तियाँ पढ़ी थीं...वे पंक्तियाँ मुझे समझ में आयी थीं और अच्छी लगी थीं; इसलिए अख़बार के पन्ने से काटकर सम्हालकर रख ली थीं...मैं तुम्हें बताता हूँ..." कह कर वह उठा; और खटल्ले के नीचे रखे पुराने और धुँधले रंग के हो गये सूटकेस को खींचकर, उसमें से एक डायरी निकालकर फिर अपनी जगह बैठ गया। बैठ जाने के बाद उसने डायरी के पन्नों के बीच रखी पीली और जर्जर हो गयी अख़बार की कटिंग निकाली; और उसमें छपे हुए को सावधानी से देखते हुए पढ़ने लगा :

जब अँधेरा घिरता है
तब घर याद आता है;
जब भूख लगने लगती है
तब घर याद आता है;
जब आसपास बेरहमी का कहर टूटता है
तब घर याद आता है;
जब मुश्किलें अपने डरावने चेहरे दिखाती हैं
तब घर याद आता है;
जब अकेलापन असहनीय हो जाता है
तब घर याद आता है;
जब अपनेपन की चाह होती है
तब घर याद आता है, मनुष्य को!

पढ़ने के बाद उसने मेहमान की तरफ़ देखा; और कहा, "ये हैं वे पंक्तियाँ जिन्हें पढ़ने के बाद मुझे लगा था कि इनमें मेरे मन की बात कही गयी है...मुझे उन दिनों अपने घर की याद तो सता ही रही थी...इन पंक्तियों ने मुझे हिम्मत दी", कहते हुए उसने अख़बार की कटिंग को डायरी में सम्हालकर रख दिया, "और फिर मैं अपने शहर, अपने घर जाने के लिए निकल पड़ा था...तब तक क़रीब सात साल हो गये थे मुझे घर छोड़े हुए।...इन्सान के लिए अपना वह घर कभी अजनबी नहीं हो पाता, जिसमें रहकर वह बड़ा हुआ हो। मेरे लिए भी नहीं हुआ था। पर मैं इतने समय के

बाद, जब अपने घर के सामने पहुँचा तब मुझे अपना ही घर अजनबी जैसा लगा। वहाँ कुछ ऐसा था कि मुझे मेरा अपना जाना-पहचाना घर, वह घर नहीं लगा जिसे मैं छोड़कर गया था। वहाँ सब कुछ बदला हुआ लगा मुझे। सबसे पहले तो मेरी निगाह घर के बाहर की दीवार पर टँगी उस तख़्ती पर गयी जिस पर लिखा हुआ था, 'कृपया फ़ोन पर समय लेने के बाद ही मुलाक़ात के लिए आयें।' हालाँकि तख़्ती पर लिखी वह इबारत एक-दूसरी को काटती दो रेखाएँ खींचकर काटी हुई थी; परन्तु इसके बावजूद वह पढ़ी जा सकती थी।...घर की बाहरी दीवार की पुताई का रंग बदरंग था और उसमें जगह-जगह पपड़ियाँ उखड़ी नज़र आ रही थीं। दरवाज़े-खिड़कियों पर मकड़ी के घने जाले लगे हुए थे। पिता का पुराना स्कूटर घर के बाहर ही लोहे की जंग खायी ज़ंजीर से ताला लगाकर बँधा रखा था और उसके ऊपर धूल की मोटी परत चढ़ी हुई थी। घर के बाहर तो सन्नाटा था ही, भीतर भी किसी प्रकार की आहट-आवाज़ नहीं थी।...मैं कुछ देर तक खड़ा-खड़ा अपने घर की उस स्थिति को देखता रहा; फिर मैंने भीतर जाने के लिए दरवाज़े पर लगे किवाड़ के पल्ले को अपने हाथ की उँगलियों से हल्के से धकेला। किवाड़ भीतर को हो गया, तो मैं अन्दर घुसा। तब मेरे सामने अँधेरे, धूल और जालों से भरा मेरा अपना वह घर था, जिसमें मैं अपने माँ-बाप को छोड़कर गया था। अपने घर की उस हालत को देखकर मैं हैरान था कि उसकी ऐसी हालत कैसे हो गयी; और उसमें मेरे माँ-बाप किस तरह रह रहे होंगे।...मैं थोड़ा-सा और भीतर को दाख़िल हुआ, तो मुझे महसूस हुआ कि मेरे नथुनों में एक अजीब गन्ध भर उठी है—एक ऐसी गन्ध, जैसी उससे पहले मैंने कभी महसूस नहीं की थी।...मैंने लाइट ऑन करने के लिए बोर्ड के स्विच पर उँगली रखी; स्विच ऑन हो गया, पर बल्ब नहीं जला। मैंने अन्य स्विचों को ऑन किया, पर न पंखा चला, न ही कोई बल्ब जला। मैं समझ गया कि घर की बिजली कटी हुई है।...उसके बाद मैंने आवाज़ लगायी, 'मम्मी!...पापा!...' पर घर के भीतर से कोई जवाब नहीं आया। मैंने फिर थोड़ा ऊँची आवाज़ में पुकारा 'मम्मीsss! पापाsss!' फिर भी कोई उत्तर नहीं आया।...मैं सोचने लगा, कहाँ गये दोनों?...थोड़ी देर में घर के भीतर का अँधेरा थोड़ा-सा देखने की मोहलत देने लगा...ऐसा होता है। जब हम देर तक अँधेरे में रहते हैं, तो अँधेरा झीना होकर हल्का-सा उजास देने लगता है, जिसमें हम अस्पष्ट ही सही, पर देख पाने लगते हैं। तो वही हुआ था...मुझे वहाँ की चीज़ें दिखाई देने लगी थीं... उन दिखाई देने वाली चीज़ों में से एक के बाद दूसरी पर मेरी निगाह पहुँच रही थी...उसी क्रम में मेरी निगाह वहाँ रखी पिता की कुर्सी पर पड़ी, तो मैं एकबारगी भीतर तक हिल गया; फिर कुछ ही क्षणों में मेरा बुक्का फूट पड़ा—रुलाई का वह

बुक्का ऐसा था, जिसमें पीड़ा तो थी ही, साथ ही पश्चात्ताप, बेबसी और अपराध-बोध भी शामिल थे..."

"क्या देखा था कुर्सी पर ऐसा तुमने?" मेहमान अपनी जिज्ञासा को रोक न सका; और उसने बीच में ही पूछ लिया।

सुनकर मेज़बान की जैसे झक्की खुली; अन्यथा वह तो बताये जा रहे वाक़ये के अहसास में खो ही गया था। उस अहसास के असर से उसकी आँखों में नमी भरी हुई थी। उसने अपनी नमी भरी आँखों पर हथेली फेरने के बाद मेहमान की ओर देखते हुए कहा, "वहाँ उस वक़्त मैंने जो देखा, उसके बारे में बताऊँगा तुम्हें! पर उससे पहले आगे की बात सुन लो।"

"ठीक है।" मेहमान ने कहा।

कुर्सी का मंज़र देख लेने के बाद कुछ देर तक तो मैं अपनी भावनाओं में जकड़ा हुआ जहाँ-का-तहाँ खड़ा रह गया था...उसके बाद मैंने घर का कोना-कोना छान मारा...कमरे, किचन, बाथरूम, स्टोररूम–सब जगह देखा, पर माँ मुझे कहीं नहीं दिखी।...घर में टीवी सेट भी नहीं था और फ्रिज़ भी; जो कि मेरे जाने से पहले थे।...मैं देख रहा था कि मेरे उस घर में इन्सानों से लेकर सामान तक कुछ नहीं बचा था। तो मैं वहाँ से लौट आया था–घर में दिख गयीं कुछ ज़रूरी चीज़ों को अपने छोटे-से बैग में भरकर...

मैं वहाँ से लौट आया था...पर पहले से ज़्यादा छूछा और खोखला होकर।...वहाँ से लौट आने के बाद एक-एक दिन गुज़ारना किसी पहाड़ को काटने जैसा रहा मेरे लिए।...मगर समय तो रुकता नहीं है कभी। तो दिन बीतते गये। उसी तरह नीरसता से भरे दिन बीतते-बीतते महीने; और फिर बरस बीतते चले गये...एक, दो, तीन, चार, पाँच, छह, सात, आठ, नौ, दस...बीस...तीस...चालीस, इकतालीस, बयालीस, तैंतालीस, चवालीस साल बीत गये...यह पैंतालीसवाँ साल चल रहा है!...इस दरमियान दुनिया कितनी बदल गयी है!...अब तो कोई भी आदमी यक़ीन के साथ नहीं कह सकता कि कोई उसका अपना है। माँ, बाप, बेटा, बेटी, भाई, बहन, पति, पत्नी और ऐसे ही तमाम रिश्ते, अब सिर्फ़ रिश्तों के नाम हैं, रिश्ते नहीं!...इन्सानों के भीतर रहने वाली आत्मीयता, अविश्वास की आग से झुलस कर सूख गयी है!...पति और पत्नी के बीच का रिश्ता एक ऐसा रिश्ता होता है, जो दो के एक में बदल जाने से बनता था; वह अन्तरंगता और पूरकता का रिश्ता होता था; पर अब वह एक ऐसा रिश्ता बन गया है, जिसमें पत्नी हर पल पति को सन्देह और अविश्वास की आँखों से देखती है; और पति हर पल इस आशंका से ग्रस्त रहता है कि पता नहीं कब उसकी पत्नी उस पर रेप का आरोप लगाकर उसे जेल भिजवा दे! अब यह अजब डाइमेंशन

सामने आया है पति-पत्नी के बीच के रिश्ते का कि पत्नी भी पति पर बलात्कार का आरोप लगा देती है!...सभी रिश्तों से आत्मीयता और अन्तरंगता गुम हो गयी है! हर एक इन्सान अकेला हो गया है! किसी को किसी से बात करने की फुरसत नहीं रह गयी है; मिलने-जुलने की फुरसत नहीं रह गयी है! इसलिए अब एक नये प्रकार का रिश्ता अस्तित्व में आ गया है–अकेलेपन को दूर करने का एक क़िस्म का मशीनी रिश्ता, जिसका नाम है 'कडलिंग'!...कडलिंग, मतलब क़ीमत चुका कर ख़रीदा गया संग-साथ!...स्त्री या पुरुष अपने विपरीत लिंगी व्यक्ति का साथ पाने के लिए पैसे ख़र्च कर अपना साथी हायर कर सकते हैं! हायर किये गये साथी का साथ पाया जा सकता है, उसका आलिंगन किया जा सकता है, उसके साथ एक ही बिस्तर पर सोया जा सकता है; लेकिन उसके साथ सेक्सुअल इंटरकोर्स यानी सम्भोग नहीं किया जा सकता। इसे कहा जाता है 'कडलिंग'!...अकेलेपन से जूझने का यह तरीक़ा दुनिया भर में ज़रूरत बन गया है!...अब सोचो तुम, अकेलेपन का यह समाधान कितना अजीब है!...जब 'सोशल मीडिया' कही जाने वाली आभासी दुनिया को ही लोग वास्तविक दुनिया समझने लगे हों, तब वास्तविक दुनिया में अकेलेपन को दूर करने के ऐसे धन्धे का सामने आना लाजिमी ही था, जिसे सामाजिक रूप से जायज़ माना जाये!...कडलिंग वैसा ही धन्धा है!...बीते क़रीब पैंतालीस वर्षों के दौरान मैंने अँधेरे के कितने और कैसे-कैसे चेहरे देखे हैं, यह बताने लगूँ तो शायद तुमसे और बातें कर ही नहीं पाऊँगा! तरह-तरह के अँधेरे!...पर हर तरह के अँधेरे के वक़्त मैंने अपने कन्धे पर एक हाथ को महसूस किया है...वह एक बच्चे के कन्धे पर आश्वासन के साथ रख दिया गया पिता का हाथ था...अचानक काला-घुप्प अँधेरा छा गया था कमरे में–उजाले से अचानक घोर अँधेरा! जैसे समय ने आँख झपकी हो!...बिजली चली गयी थी; और उसके साथ रोशनी से भरा कमरा अँधेरे से भर गया था...अँधेरा इतना गाढ़ा और घना था कि पिता को अपने कमउम्र बेटे की चिन्ता हुई होगी कि कहीं वह अँधेरे से डर न जाये! तो उन्होंने अँधेरे के बीच अपना हाथ बढ़ाकर उसे टटोला; और फिर उसके कन्धे पर हाथ रखकर उससे कहा था, 'डरना नहीं...बिजली गयी है, अभी थोड़ी देर में आ जायेगी!...तब तक ऐसा करो, अपने भीतर झाँको... वहाँ तुम्हें उजाला दिखाई देगा!...' किसी भी अँधेरे के वक़्त मुझे पिता का वह हाथ अपने कन्धे पर महसूस होता है; और उनका कहा मेरे कानों में गूँजता है!

"ख़ैर, मैं तुम्हें बता रहा था कि घर में दिख गयी कुछ ज़रूरी चीज़ों को अपने छोटे-से बैग में भर मैं लौट आया था...उन्हीं चीज़ों में से एक यह डायरी थी जो अभी भी मेरे पास है!" कहकर उसने वही डायरी, जो अख़बार की कटिंग में छपे को

सुनाने के लिए खटल्ले के नीचे रखे सूटकेस से निकाली थी, हाथ में लेकर मेज़बान से कहा, "यह वही डायरी है! यह मेरे पिता की डायरी है!...इसमें उन्होंने क्या लिखा है, तुम जानना चाहते हो?" उसने मेहमान की आँखों में देखा।

"बिल्कुल!...ज़रूर जानना चाहता हूँ!" मेहमान ने उत्साह के साथ कहा।

सुनकर मेज़बान ने डायरी के पन्ने पलटते हुए कहा, "इसमें यों तो बहुत कुछ लिखा हुआ है; मगर मैं तुम्हें इसमें से कुछ उन पन्नों पर लिखे हुए को सुनाऊँगा, जिससे तुम्हें मेरे पिता की तब की मन:स्थिति का अन्दाज़ा हो पायेगा!" कहकर उसने डायरी के एक पन्ने पर लिखे को पढ़ा :

> मुझे मनुष्यों को देखकर भय लगता है!
> क्यों लगता है?
> मनुष्यों को देखकर भय क्यों लगता है?

पढ़ने के बाद उसने कहा, "इसी पन्ने पर आगे एक लाइन लिखी है :

> मुझे पूरा संसार सूना लगता है–मनुष्यविहीन!

उसने डायरी का पन्ना पलटा; और पढ़ने लगा :

> कितनी विचित्र बात है कि दो विपरीत अर्थोंवाली क्रियाओं–'आना' और 'जाना'–में से एक का अर्थ बड़ा सरल और दूसरी का भारी जटिल। 'आना' अर्थात् आगमन! यह सीधा अर्थ है। 'जाना' अर्थात् प्रस्थान! यह सीधा अर्थ नहीं है। जटिल है। क्योंकि 'जाना' सिर्फ़ प्रस्थान नहीं होता। प्रस्थान कहाँ के लिए? किस काम के लिए? कभी वापस आने के लिए? या कभी भी वापस न आने के लिए? साफ़ नहीं होता!
>
> 'जाना' यों तो 'आना' की ही तरह और 'खाना', 'पीना', 'सोना', 'जागना', 'हँसना', 'रोना' आदि की तरह एक 'क्रिया' है! पर यह संसार की सबसे दु:खदायी और हृदय विदारक 'क्रिया' है!

पढ़ने के बाद उसने डायरी के कुछ पन्ने पलटने के बाद एक पन्ने पर लिखे को पढ़ा :

> जिसको उँगली पकड़ाकर ज़मीन पर पैर साधना सिखाया; जिसको कैरियर से थामकर साइकिल चलाना सिखाया; जिसको हैंडल हाथों में साधकर अपनी छाती के सामने बिठाकर मोटरसाइकिल को साधना

सिखाया, उसे यह सब बिल्कुल भी याद नहीं रहेगा–ऐसा कभी सोचा न था!

इसके बाद उसने डायरी के कुछ पन्ने पलटे; और एक पन्ने पर लिखे को पढ़ने लगा :

आम धारणा है कि मृत्यु संसार की सबसे बेरहम सच्चाई है; और संसार का सबसे मुश्किल काम है मृत्यु का सामना करना! पर मुझे लगता है कि संसार का सबसे मुश्किल काम जीवन का सामना करना है!

पढ़ने के बाद उसने अगले पन्ने पर लिखे को पढ़ा :

मौजूदा समय का सबसे बड़ा संकट क्या है? इस सवाल के जवाब में लोग अक्सर कुछ संकटों के नाम बताते हैं; जैसे कि पृथ्वी का पर्यावरण-विनाश, आतंकवाद, साम्प्रदायिकता, नस्लभेद आदि। पर मुझे इन सब संकटों से भी बड़ा संकट लगता है मनुष्य के भीतर नैतिकता का पतन! इस नैतिकता के ह्रास के कारण ही मनुष्य का अकेलापन पैदा हुआ है; और मनुष्य का अकेला हो जाना सिर्फ़ सामाजिकता का ख़त्म होना नहीं होता; बल्कि यह ख़ुद मनुष्य का ही ख़त्म हो जाना होता है!

उसके बाद उसने डायरी के अगले पन्ने पर लिखे को पढ़ा :

आज मुझे थोड़ी-सी ख़ुशी मिली है! घर में रखी पत्रिका में एक कहानी पढ़ी आज मैंने। उसके बाद मुझे लगा कि कोई मेरे साथ है; मुझे महसूस हुआ कि इस क्रूर और बर्बर समय में कहीं कोई तो अपने भीतर के मनुष्य को बचाये हुए है!

किसी मनुष्य के जीवन में किसी और मनुष्य की उपस्थिति उसे कितना सहारा देती है! आज मुझे वही सहारा महसूस हुआ! मैं बहुत समय से अकेला हूँ। आज मुझे अपना अकेलापन थोड़ा कम हुआ लग रहा है! साथ ही मेरे भीतर एक बात उठ रही है कि काश, वह मेरी बेटी होती! वह लड़की, जिसकी कहानी मैंने पढ़ी, वह!...

मैंने पत्रिका के उन पन्नों को यहाँ निकालकर रख लिया है, जिनमें वह कहानी है। इसलिए कि उन्हें बार-बार पढ़कर अपना अकेलापन दूर कर सकूँ।

पढ़ने के बाद उसने डायरी के पन्नों के बीच रखे, वे पन्ने मेज़बान को दिखाये और कहा, "ये हैं वे पन्ने!...क्या तुम इनमें छपी कहानी को सुनना चाहते हो? यदि सुनना चाहो, तो मैं पढ़कर सुनाऊँ!"

"उस कहानी को मैं सुने बिना रह ही नहीं पा रहा हूँ, जिसके बारे में डायरी में इतनी बड़ी बात लिखी गयी है!" मेहमान ने गर्मजोशी के साथ कहा, "सुनाओ!"

यह सुनने के बाद मेज़बान पन्नों में छपी कहानी पढ़ने लगा :

अमाइरा

एक अजीब तरह का अहसास था अमाइरा के भीतर। लगभग बेचैनी और छटपटाहट का अहसास! दो दिन से लगातार! हर पल, हर वक़्त!...

...दस बजते ही वह तैयारी में जुट गयी। उसने तीन बार कपड़े पहने और बदले। पहले उसने सलवार-सूट पहना; और आईने के सामने खड़े होकर देखा तो उसे लगा कि यह पहनावा कुछ पारम्परिक-सा है; फिर उसने जींस और शर्ट पहन कर आईने में देखा तो उसे लगा कि कुछ ज़्यादा ही आधुनिक-सा हो गया है; उसके बाद उसने जींस के साथ कुर्ता पहन कर देखा तो उसे लगा कि कुछ-कुछ एक्टिविस्ट जैसा दिखावा लग लग रहा है! अन्ततः उसने बादामी रंग की चन्देरी साड़ी और उससे मैचिंग ब्लाउज़ पहन आईने में देखा तो उसे लगा कि समय और स्थान की ज़रूरत के हिसाब से बिल्कुल ठीक है–शालीन और गरिमायुक्त! उसे ध्यान यह भी तो रखना है कि वह जा कहाँ रही है! वह कोर्ट जा रही है; किसी पार्टी-फंक्शन या क्लास रूम में नहीं! और फाइनली साड़ी-ब्लाउज़ पहनकर वह कोर्ट जाने के लिए तैयार हो गयी...

...दो दिन पहले कोर्ट का हरकारा सवेरे-सवेरे आकर उसे सम्मन देकर गया था... सुबह-सुबह होस्टल के कमरे के दरवाज़े पर किसी ने नॉक किया था, तो उसने दरवाज़ा खोलकर देखा : बाहर एक पुलिसकर्मी हाथ में कुछ काग़ज़ात लिये खड़ा था। दरवाज़े के बीच उसे खड़ी देखकर उसने पूछा था, "अमाइरा ख़ान शर्मा आपका ही नाम है?"

"जी हाँ, मैं ही हूँ...कहिए..." उसने जवाब दिया था।

"सम्मन है कोर्ट से...गवाही के लिए।" कहकर सिपाही ने काग़ज़ उसकी तरफ़ बढ़ा दिया था।

अमाइरा काग़ज़ हाथ में लेकर उसे पढ़ने लगी थी।

सिपाही ने पावती-दस्तख़त करने के लिए दूसरा काग़ज़ आगे बढ़ाते हुए कहा था, "इस पर साइन कर दीजिए।"

अमाइरा ने पावती पर हस्ताक्षर कर दिये थे। हरकारा चला गया था।

उसके बाद अमाइरा ने दरवाज़ा बन्द कर प्राप्त सम्मन को एक तरफ़ से पढ़ा था; और उसके बाद वह एक अजीब तरह की बेचैनी-सी महसूस करने लगी थी। उस वक़्त वह अचानक तक़रीबन एक-सवा साल पीछे जा पहुँची थी...तब वह अपनी रूम-मेट अनुकृति के साथ कमरा शेयर करती थी। अनुकृति भी उसकी ही तरह पोस्ट-डाक्टरल-रिसर्च फैलो थी। उसके साथ उसकी अच्छी पटरी बैठती थी; तो साथ-साथ रहना, काम करना तो था ही, साथ-साथ घूमना-फिरना, साथ-साथ शॉपिंग करना, साथ-साथ फ़िल्म देखना यानी साथ-साथ जीना-मरना जैसा चल रहा था...उस दिन छुट्टी का दिन था–रविवार! तो अनुकृति ने उससे कहा, "अमाइरा चलो यार, आज मार्केट चलते हैं...कुछ शॉपिंग भी करना है और थोड़ा घूमना-फिरना भी हो जायेगा।" अमाइरा को आइडिया पसन्द आया था इसलिए उसने फ़ौरन हामी भरी थी, "ठीक है, चलते हैं।" थोड़ी देन में अनुकृति जींस-टीशर्ट पहन कर तैयार थी; अमाइरा ने साड़ी-ब्लाउज़ पहने थे। दरअसल अमाइरा की पसन्दीदा पोशाकों में साड़ी-ब्लाउज़ सबसे ऊपर रही आयी है। बेशक वह जानती-समझती आयी है कि लिबास ओर पहनावे के मामले में ज़माना बहुत आगे पहुँच चुका है–इतना आगे कि अब पुरुष और स्त्री के लिबास में बहुत ज़्यादा फ़र्क़ नहीं बचा रह गया है : जींस-शर्ट-टीशर्ट का खुलापन अब स्त्रियों के लिए भी स्वीकार जा चुका है; बल्कि लड़कियाँ तो अब जींस से भी आगे लेगिंग्स तक पहन कर सार्वजनिक जगहों पर भी देखी जाती हैं। अमाइरा भी गाहे-ब-गाहे जींस-शर्ट पहनती थी; कभी-कभार लेगिंग्स भी पहन लेती थी; पर उसे जो लिबास सबसे ज़्यादा ख़ुशी देता था, वह साड़ी-ब्लाउज़ ही था। उसका सोचना था कि साड़ी-ब्लाउज़ पहन कर कोई स्त्री जितनी सुन्दर दिखती है, उतनी आधुनिक से लेकर आधिनिकतम किसी भी और लिबास में नहीं। और यदि शरीर के प्रदर्शन से ही स्त्री के आकर्षण में बढ़ोतरी होती है तो इस मामले में भी साड़ी-ब्लाउज़ पीछे नहीं हैं–बस उन्हें पहनने का सलीका आना चाहिए। साथ ही गरिमा और शालीनता साड़ी-ब्लाउज़ के पहनावे के बोनस हैं। साड़ी-ब्लाउज़ के लिबास के बारे में ऐसे विचारों के कारण अमाइरा के पास साड़ियों का एक बड़ा कलेक्शन था, जिनमें से समयानुसार साड़ी चुनकर वह पहनती थी। उस दिन मार्केट जाने के लिए उसने जार्जेट चुनी थी।

उस दिन मार्केट में जो कुछ हुआ, वह एक सामान्य स्थिति के बीच असामान्य था और उसके बाद होस्टल के अपने कमरे पर लौटी हुई अमाइरा सामान्य मन:स्थिति में नहीं रह गयी थी : उस दिन वह अपने भीतर की अबूझ क़िस्म की बैचैनी से हलकान बनी रही और उस बेचैनी की तेज़धार का आलम यह था कि उस दिन की रात वह सो नहीं सकी थी और उस दिन के बाद के कई दिनों तक भी वह उस बेचैनी और बेसुकूनी की मन:स्थित से निजात नहीं पर सकी थी!...अमाइरा को बार-बार लगता था कि वह 'दर्शनीय आधुनिकता' की शिकार हुई है! और ऐसा सोचते हुए उसे बार-बार अपने पापा का यह कहा याद आता था...घर में जब भी मौजूद दौर के उस बदलते रूप की बात होती, जिसे अमूमन 'आधुनिकता' कह दिया जाता है, तब उसके पापा 'आधुनिकता' की व्याख्या में बोलने लगते...उस समय वह घर गयी हुई थी, भैया भी पहुँचे हुए थे। चाय के वक़्त सब लोग ड्राइंग-रूम में बैठे इधर-उधर की बातें कर रहे थे कि भैया ने किसी बात पर कहा था, "...इतना तो चलता है; आख़िर आधुनिकता के दौर में जी रहे हैं हम...ये कोई अठारहवीं सदी का ज़माना नहीं है!" सुनकर पापा ने कहा था। "आधुनिकता का दौर?...पर कौन-सी आधुनिकता? अरे, ज़माना तो आधुनिकता का कहा जा रहा है; क्योंकि इस वक़्त हम अठारहवीं सदी में नहीं; बल्कि इक्कीसवीं सदी के पन्द्रहवें साल में जी रहे हैं। क्या इतना भर ही है आधुनिकता का पैमाना कि हम इक्कीसवीं सदी में आ चुके हैं? आ तो चुके हैं; पर आधुनिकता के सही मायने कितनों को ठीक-ठाक मालूम हैं?...अरे, जिस समाज में अन्धविश्वास, रूढ़िवाद, बाबावाद, ब्राह्मणवाद, नवब्राह्मणवाद, कम्युनलिज़्म, कास्टिज़्म, ऊँच-नीच की भावनाएँ, पूजा-पाठ, उपदेश-आशीर्वाद, मन्त्र-भभूत–जैसी स्थितियों को सिर-माथे पर रखकर स्वीकार किया जा रहा है, उस समाज का आधुनिकता से क्या नाता?...जो समाज से एक से बढ़कर एक अन्तर्विरोधों के बीच जी रहा हो, उसमें कहाँ की आधुनिकता?...जिस समाज में इंजीनियर नारियल फोड़कर काम शुरू करता हो, डॉक्टर मरीज को भगवान पर भरोसा रखने की नसीहत देता हो; जिस समाज में बाबाभेष बनाये अपराधियों के प्रति श्रद्धा-भक्ति से भरे लोगों की लम्बी कतारें लगती हों; जिस समाज में लाखों लोगों को दो समय भर पेट भोजन नहीं मिल पाता हो, जिस समाज में छोटे-छोटे बच्चों को मेहनत-मज़दूरी करनी पड़ती हो, जिस समाज में लाखों लोगों को फुटपाथ पर सोकर रात गुज़ारनी पड़ती हो; जिस समाज में जातीय और साम्प्रदायिक आधार पर नरसंहार होते हों, जिस समाज में हत्यारों को गद्दियाँ दे दी जाती हों, उस समाज में कैसी आधुनिकता? दरअसल आधुनिकता दो प्रकार की होती है : एक 'दर्शनीय आधुनिकता' और दूसरी 'वैचारिक आधुनिकता'! मौजूदा दौर का

समाज 'दर्शनीय आधुनिकता' को तो 'एडॉप्ट' कर चुका है, पर 'वैचारिक आधुनिकता' को अपने आसपास भी नहीं फटकने देता है। इन दोनों तरह को आधुनिकताओं में फ़र्क़ इतना बड़ा है कि एक मनुष्यता की विरोधी है तो दूसरी मनुष्यता की पक्षधर।" कहते हुए उन्होंने भैया की आँखों में झाँका था, "अभी जिस आधुनिकता की बात तुम कर रहे थे, वह कौन-सी है, यह ख़ुद तय कर लो।"

...पापा की वह तकरीर अमाइरा को ख़ुद पर सटीक बैठ रही लग रही थी...

उसके पापा डॉ. रविकान्त शर्मा सादगी के साथ रहते हैं। अक्सर धोती-कुर्ता पहनते हैं; अलबत्ता कभी-कभी पैंट-शर्ट भी पहन लेते हैं और किसी-किसी अवसर पर जींस-टीशर्ट या जींस-कुर्ता भी। पर हरएक पोशाक के साथ पैरों में चप्पलें ही! दाढ़ी-मूँछें क्लीन रखते हैं। सिर के बाल सफ़ेद हो चुके हैं। पर चेहरा ओजभरा है। वे हिन्दुस्तानी सेमीक्लासिकल के सिंगर हैं। पोशाक की बाबत वे प्राय: कहते हैं, "मनुष्य को अपना पहनावा सुविधा, समय, संस्कृति और स्थान के अनुसार चुनना चाहिए।"

पापा ने कभी भैया और उसके बीच भेदभाव नहीं बरता—उन्हें एक लड़का और उसे एक लड़की होने के कारण छूटें या बन्दिशें नहीं दीं। खाने-पहनने, सोने-जागने, पढ़ने-लिखने, घूमने-फिरने, बोलने-चालने से लेकर जीवन के किसी पहलू पर पापा की तरफ़ से कोई भेदभाव कभी नहीं दिखा उसे। स्कूल से लेकर कॉलेज तक उसकी पढ़ाई की संस्थाएँ को-एजुकेशन की ही रहीं। जब और आगे की पढ़ाई के लिए घर से दूर जाने की ज़रूरत सामने आयी, तब पापा ने तुरन्तु मंजूरी दे दी थी। बेशक उस वक़्त मम्मी ने उसके, एक अपरिचित शहर में जाकर, अकेले रहने को लेकर अपनी मातृसुलभ आशंकाएँ और चिन्ताएँ व्यक्त की थीं। तब पापा का जवाब था, "रैहान, कमाल है! क्या हो गया है तुम्हारी सोच को?...जब अविराम घर से दूर जाकर रह सकता है तो अमाइरा क्यों नहीं?...तुम तो एक आर्टिस्ट हो! एक आर्टिस्ट की भाँति सोचो और बताओ कि कोई आर्ट स्त्रीलिंग या पुलिंग होती है क्या! और फिर यह जहाँ जा रही है, वह एक शहर है, जहाँ हमारी-तुम्हारी तरह इन्सान ही रहते हैं... किसी जंगल में रहने नहीं जा रही है कि..."

घर में आर्ग्यू करने की खुली परम्परा है; तो मम्मी ने पापा को बीच में ही टोका था, "तो फिर दिल्ली क्या है? शहर या जंगल, जहाँ एक लड़की के साथ ऐसा दरिन्दगी हुई थी कि..."

मम्मी की बात सुकर पापा पूर्ववत् शान्त आवाज़ में बोले थे, "रैहान, तुमने तो इतना कुछ देसी-विदेशी पढ़ा है...स्त्री और पुरुष बेसिकली एक-दूसरे के शत्रु नहीं

होते! यदि ऐसा होता तो मैं और तुम यहाँ कैसे होते!...रही बात दिल्ली में हुई उस वारदात की, तो वह इन्सानों की करतूत नहीं थी–वे तो इन्सानों के शरीर वाले दरिन्दे ही थे! कोई इन्सान तो वैसा-कुछ कभी कर ही नहीं सकता...!...पर ऐसे इन्सानी भेष वाले दरिन्दे तो किसी भी जगह हो सकते हैं..."

पापा की बात सुनने के बाद मम्मी कनविंस हुई थीं और वे मान गयी थीं।

पापा मम्मी को घर में 'रैहान' ही कहते हैं। मम्मी का पूरा है रैहाना ख़ान। मम्मी एक मिनिएचर पेंटर हैं।

मम्मी ने ही उसे बताया था कि पापा और उनकी मुलाक़ात 'फाइन आर्ट्स एंड म्यूज़िक यूनिवर्सिटी' में पढ़ाई के दौरान हुई थी। उनके बीच पहले आकर्षण रहा, फिर प्रेम हुआ; उसके बाद उन्होंने शादी कर ली थी–कोर्ट-मैरिज़!...शादी के क़रीब तीन साल बाद 'भैया' अविराम ख़ान पैदा हुए थे। उनके जन्म के फ़ौरन बाद पापा ने उनका नाम रख दिया था 'आकार'। शुरू में यही नाम बना रहा था उनका। पर उनको स्कूल में पढ़ाई के लिए जब भर्ती कराने का वक़्त आया, तब मम्मी-पापा ने मिलकर उनका अविराम रख दिया था : स्कूल के रजिस्टर में पूरा नाम लिखा गया था 'अविराम ख़ान शर्मा'।...'भैया' के जन्म के तक़रीबन चार साल बाद मैं यानी अमाइरा पैदा हुई थी। तब पापा ने उसको कहा था 'सरगम'। बचपन से लेकर अभी तक उसका घर का यह नाम बना हुआ है; मम्मी-पापा तो हमेशा 'सरगम' कहकर ही पुकारते हैं। पर उसका नाम 'अमाइरा' रखने की कहानी मम्मी ने उसे बतायी थी कि पढ़ाई के लिए स्कूल में एडमीशन कराने जाने से पहले वहाँ दर्ज कराने के लिए नाम की बाबत मम्मी और पापा के बीच लम्बा विचार-विमर्श हुआ था : 'सरगम' नाम ही दोनों को अच्छा लगता था तो उसी को स्कूल-रजिस्टर में लिखवाने पर भी विचार हुआ था; तो पापा ने कहा, "'सरगम' बहुत ही प्यारा नाम है, पर स्कूल में कुछ और ही लिखवायेंगे; क्योंकि सरगम संगीत की होती है और संगीत न मुस्लिम होता है, न ही हिन्दू! इसलिए 'सरगम ख़ान शर्मा' यह तो इसका प्यार का नाम है और हम तो इसे 'सरगम' ही कहते रहेंगे।...पर स्कूल में दर्ज कराने के लिए मुझे तो इसके लिए जो नाम अच्छा लग रहा है, वह है 'मीरा'। कैसा रहेगा?" तब मम्मी ने कहा, "'मीरा' बेशक अच्छा है, पर मुझे लगता है इसमें 'अ' जोड़ दें तो और बेहतर हो जायेगा–'अमीरा'!" यह सुनकर पापा बोले थे,"हाँ, 'अमीरा' भी ख़ूबसूरत है; पर मुझे लग रहा है कि 'मीरा' और 'अमीरा' दोनों ही ट्रेडिशनल हैं, तो क्यों न 'अमीरा' को थोड़ा-सा बदला हुआ रूप दे दें–इसकी स्पेलिंग में ज़रा-सा तरमीम कर 'अमाइरा' कर दें : स्पेलिंग होगी–'AMYRA' तो मम्मी को भी

यह नाम पसन्द आया था। उसके बाद स्कूल में उसका नाम लिखाया गया था 'अमाइरा ख़ान शर्मा'।"

उस दिन 'अमाइरा ख़ान शर्मा' नाम पाने के बाद पढ़ाई के लिए प्राइमरी स्कूल, फिर मिडिल स्कूल, उसके बाद हायर सेकेंडरी स्कूल में वह पढ़ी; और उसके बाद कॉलेज़ में। पढ़ाई की संस्थाएँ बदलती रहीं, साथ ही देह भी बदलती रही, देह के सरोकार बदलते रहे, देह के कपड़े बदलते रहे–बचपन की फ्रॉक, सलवार-कमीज़ से होते हुए, युवती की जींस-स्कर्ट, जींस-टीशर्ट, लेगिंग्स-टॉप, जींस-कुर्ता और साड़ी-ब्लाउज़ तक आ पहुँची; साथ ही देह के रखरखाव के साधन बदले और पूरी रहन-सहन बदलती गयी। और ये बदलाव साफ़-साफ़ दिखाई देते रहे। पर यह सब कुछ होते देखते हुए भी पापा ने इस पर कोई ख़ास ध्यान दिया हो, ऐसा उसे कभी नहीं लगा। घर में कभी-कभार बहस-बातचीत के दौरान प्रसंगवश वे कहते थे, 'बदलाव जीवन की सतत प्रक्रिया है।' सम्भवत: उन्होंने अपने इस कथन में सभी तरह के बदलाव को शामिल कर रखा था! और कभी उन्होंने अपने विचार और व्यवहार में कंट्राडिक्ट नहीं किया था। इसलिए अमाइरा को उनकी बातें सही लगती हैं।

...उसे लग रहा था कि वह उस दिखावटी आधुनिकता–जिसे पापा 'दर्शनीय आधुनिकता' कहते हैं–की शिकार हुई है!...

...उस दिन हुआ यह था कि अनुकृति और वह ऑटो-रिक्शा लेकर मार्केट पहुँची थीं। वह मार्केट ऐसा था कि जिसमें हर किसी की हर तरह की ज़रूरत का हर सामान मिलता था–पुरुषों का सामान भी, स्त्रियों का सामान भी; कपड़े भी, जूते भी; आटा भी, सब्जी भी, फल भी, मेवे भी; अंडरवियर-बनियान भी, ब्रा-पेंटी भी; लिपस्टिक भी, चॉकस्टिक भी; और...इसलिए उस बाज़ार में हमेशा भीड़ रहती थी!...उस दिन अनुकृति और उसने अपनी-अपनी पसन्द के कुछ कपड़े परचेज किये; उसके बाद सौन्दर्य-प्रसाधन-सामग्री की दुकान से कुछ चीज़ें ख़रीदी थीं और परचेज़िंग का वह काम निबट गया था। वे दोनों अपने-अपने सामान के कैरीबैग हाथों में लिये चल दी थीं। तभी अनुकृति बोली थी, "यार, जल्दी निबट गये! अभी तो अपने पास और टाइम है, क्यों नहीं कोई फ़िल्म देख ली जाये!" अमाइरा को वह प्रस्ताव ठीक लगा था; क्योंकि एक अरसे से उसने भी सिनेमा-हॉल में जाकर कोई फ़िल्म नहीं देखी थी। उसने फ़ौरन अनुकृति के फ़िल्म देखने के प्रस्ताव को मान लिया और वे दोनों वहीं बीच रास्ते में खड़ी होकर इस बारे में बात करने लगीं कि कौन सी फ़िल्म देखी जाये! दोनों की च्वाइस अलग-अलग फ़िल्म थी और दोनों द्वारा शहर में चल रही

फ़िल्मों में से अपनी-अपनी पसन्द की फ़िल्म देखने के लिए तर्क और कारण बताये जा रहे थे और दोनों एकराय नहीं हो पा रही थीं...कि तभी अमाइरा को अपने पीछे की तरफ़ सुनाई दिया था, 'बहनजी, ज़रा निकलने देंगी!' पर उसने उस ओर ज़्यादा ध्यान न दिया और वह अनुकृति से बतियाने में मशगूल बनी रही। तभी उसे लगा कि 'बहनजी, ज़रा निकलने देंगी' दोहराते हुए किसी ने उसके दाँये कन्धे के ऊपर की तरफ़ हलके-से छुआ है! तो उसने मुड़कर पीछे देखा : वहाँ सफ़ेद धोती-कुर्ता पहने सफ़ेद बालों वाला एक आदमी खड़ा था जो अमाइरा के मुड़कर देखने पर फिर कह रहा था, 'बहनजी, ज़रा निकलने देंगी?...पर जब तक अमाइरा उससे कुछ कहती, अनुकृति ने हल्ला मच दिया, "अरे, देखो, इस आदमी ने छेड़खानी की है..." पास ही खड़ी अमाइरा के शरीर की तरफ़ उँगली से बताते हुए वह चिल्ला रही थी, "इसकी बॉडी को टच किया है इस आदमी ने...देखो! देखो!!...इस आदमी ने छोड़खानी की है!" वह चिल्लाती हुई लोगों का ध्यान आकर्षित कर रही थी। उसके बाद उसने अपना सेलफ़ोन निकालकर नम्बर मिलाया और कहा था, "हेलो! पीसीआर...यहाँ एक आदमी ने मेरी सहेली के साथ छेड़खानी की है...यहाँ... बाज़ार के बीच...जी...आप इमीडिएटली आकर इसे गिरफ़्तार कीजिए...प्लीज मूव क्विकली...थैंक्यू!" यह सब देखते-सुनते हुए वह धोती-कुर्ताधारी सफ़ेद बालों वाला आदमी अपनी जगह हक्का-बक्का-सा हुआ खड़ा था; और अमाइरा भी असहज-सी हुई अपनी जगह खड़ी थी...

और देखते-देखते वहाँ दो पुलिसमैन पहुँच गये थे। उन्होंने वहाँ पहुँचते ही दरयाफ़्त किया कि किसने किसको छेड़ा है और अनुकृति के बताते ही धोती-कुर्ता वाले लगभग बुज़ुर्ग दिख रहे आदमी को पकड़ लिया था और उन दोनों से थाने में जाकर कंप्लेंट लिखाने के लिए कहा था। उस वक़्त अमाइरा को कुछ न सूझ रहा था... वह और अनुकृति दोनों पुलिसवालों के साथ थाने के लिए चल दी थीं। पुलिसवाले उस आदमी को पकड़े आगे चल रहे थे; वे दोनों उनके पीछे-पीछे। वह आदमी पुलिसवालों से बार-बार कह रहा था, "मैंने कुछ भी नहीं किया है सर!...मैं तो इनसे आगे निकलने के लिए रास्ता देने के लिए कह रहा था...बस..." पर पुलिसवाले उस आदमी की बातों को अनुसुना कर उसके पकड़े हुए आगे बढ़े जा रहे थे...

उसके बाद लगभग एक-सवा साल बीत गया था। तो समय के बहाव में उस दिन की वह परिघटना अमाइरा के ज़ेहन से धुल-पुँछ गयी थी। वह तो उसे अब तक भूल ही चुकी थी...पर कोर्ट के सम्मन ने अमाइरा के गोया सूख गये ज़ख़्म को खुरच दिया था...

सम्मन में लिखे समय के अनुसार अमाइरा ठीक ग्यारह बजे जे.एम.एफ.सी.-कोर्ट में पहुँच गयी। वहाँ पहुँच कर उसने देखा कि एक निहायत ही पुराने-से कक्ष के भीतर सामने की ओर रखे गये टेबलों के पीछे बैठे कुछ क्लर्कनुमा लोग फ़ाइलों को उलट-पलट रहे थे; दायीं ओर लकड़ी के बने किंचित ऊँचे प्लेटफार्म पर रखी कुर्सी पर काला कोट पहने एक अधेड़वय व्यक्ति बैठा था जिसकी सफ़ेद कमीज़ साफ़ और इस्त्रीशुदा थी और जिसके चेहरे पर तनाव नज़र जा रहा था। अमाइरा ने समझ लिया कि वही जे.एम.एफ.सी. हैं! जे.एम.एफ.सी. यानी ज्यूडीशियल मजिस्ट्रेट फर्स्ट क्लास; जिनकी अदालत में उसे गवाही देनी है। उस अदालत-कक्ष में कुछ लोग एक तरफ़ की दीवार के सहारे खड़े-बैठे थे और मजिस्ट्रेट साहब की कुर्सी के सामने की दीवार से सटा एक कठघरा था–कठघरा यानी काठ (लकड़ियों) से बनाया गया एक 'बाड़ा'! अमाइरा ने पहली बार कोई कोर्ट-कक्ष देखा था! अलबत्ता फ़िल्मों में अदालत के दृश्य उसने देखे थे, जिनमें कोर्ट-कक्ष विशालकाय और भव्य होते थे! पर वास्तविक कोर्ट-कक्ष देखकर उसकी फ़िल्मों में देखी भव्यता की छवि ध्वस्त हो गयी। वह कुछ झिझकती-सी कक्ष में आगे बढ़ी और उसने सामने की टेबलों के पीछे पैठे पेशकारों में से एक के पास पहुँचकर उसे अपना सम्मन दिखाया। पेशकार ने वह सम्मन हाथ में लेकर सरसरी नज़र से देखा और उसके बाद अपने सामने खड़ी ख़ूबसूरत और शालीन दिख रही युवती से कहा, "बैठ जाइए, अभी टाइम लगेगा... फ़ाइल मेज़ पर पहुँचेगी तो बुला लिया जायेगा।"

सुनकर अमाइरा ने कहा, "ठीक है।" और पेशकार से अपना सम्मन लेकर वह कक्ष में बैठने की जगह देखने लगी। पर वहाँ एक तरफ़ पड़ी उस छोटी-सी बेंच के अलावा बैठने को कुछ नहीं था, जिस पर पहले ही से तीन लोग एक-दूसरे से सटे बैठे थे। तो अमाइरा उस दीवार के पास जाकर खड़ी हो गयी, जिसके सहारे कुछ लोग पहले से ही खड़े-बैठे थे।

और तक़रीबन तीन घण्टे तक वहाँ खड़े रहने के बाद अमाइरा को गवाही के लिए विटनेस-बॉक्स में बुलाया गया। वह मजिस्ट्रेट साहब की कुर्सी के सामने, तीन तरफ़ से लकड़ी के फ्रेम के रूप में बने 'विटनेस बॉक्स' में जाकर खड़ी हो गयी। वहाँ पहुँचने के बाद उसने शिष्टाचारवश मजिस्ट्रेट साहब की ओर देख, थोड़ा-सा सिर झुकाकर उनका अभिवादन किया।

उसके बाद अमाइरा ने कक्ष में नज़र दौड़ाई तो कठघरे में एक आदमी को खड़े देखा। वह आदमी लकड़ियों से बने उस 'बाड़े' के भीतर खड़ा-खड़ा उसी की ओर देख रहा था। अमाइरा ने देखा कि उस आदमी के चेहरे पर एक अजीब

तरह की बेचैनी और असहायता नुमायाँ था। वह वही आदमी था, जिस पर मार्केट में छेड़खानी का आरोप लगाया गया था; बिल्कुल उसी वेशभूषा में, जिसमें वह 'उस दिन' था : देह पर सफ़ेद धोती-कुर्ता, सिर पर सफ़ेद बाल, पैरों में काली जूतियाँ, कन्धे पर साफ़ी! अमाइरा को लगा कि 'उस दिन' उसके सिर के बाल ठीक-से काढ़े हुए थे; पर आज उसमें जैसे कन्घा नहीं किया गया हो–वे लगभग बिखरे हुए–से और 'उस दिन' की बनिस्बत छोटे लग रहे थे; और अमाइरा के कानों में अचानक गूँजा, 'बहनजी...!' और इसके साथ ही वह अपने भीतर एक हाहाकार से भर उठी।

अब तक विटनेस-बॉक्स के पास काले कोट पहने दो वकील आकर खड़े हो गये थे। उसने उनकी ओर देखा और समझ लिया कि उनमें से एक वकील कठघरे में खड़े आदमी का पैरवीकार होगा और दूसरा सरकारी! मजिस्ट्रेट साहब ने एक वकील की ओर देखकर हाथ से इशारा किया, तो वह वकील 'विटनेस-बॉक्स' के बिल्कुल पास आ गया और अमाइरा के चेहरे की ओर देखते हुए उसने पूछा, "आपका नाम?"

"जी, अमाइरा ख़ान शर्मा।" उसने कहा।

इसके साथ ही मजिस्ट्रेट साहब के पार्श्व में बैठे लिपिक ने कम्प्यूटर के की-बोर्ड पर उँगलियाँ चलानी शुरू कर दीं।

"पिता का नाम?" वकील का अगला सवाल था।

"श्री रविकान्त शर्मा।"

"उम्र?"

"सत्ताइस साल।"

"निवास स्थान और पता?"

अमाइरा ने होस्टल का पता बता दिया।

"हाँ, तो अब यह बताइए कि उस दिन दिनांक...को आपके साथ क्या हुआ था?" सरकारी वकील ने आगे पूछा।

सुनकर अमाइरा क्षण भर को अचकचाई; फिर उसने मुड़कर कठघरे में खड़े आदमी की ओर देखा, जो अब भी अपनी बेचैनी भरी निरीह आँखों से उसी की ओर देख रहा था।

अब तक अमाइरा सरकारी वकील के हर सवाल का जवाब उसकी तरफ़ देखकर ही दे रही थी; पर अब वह सरकारी वकील की ओर नहीं देखकर कठघरे में खड़े आरोपी की ओर देख रही थी, तो वकील ने अपना सवाल दोहराया, "बताइए, उस दिन दिनांक...को आपके साथ क्या हुआ था?"

सुनकर अमाइरा ने मजिस्ट्रेट की ओर देखा; और कहा, "सर, उस दिन मेरे साथ कुछ नहीं हुआ था।"

यह सुनकर मजिस्ट्रेट ने हैरानी से उसकी ओर देखा : उस वक़्त अमाइरा की आँखें भरी हुई थीं। वह आगे कह रही थी, "सर, आप मुझे जो चाहें सज़ा दे दें, मैं भुगतने को तैयार हूँ...पर उस दिन मेरे साथ कुछ भी नहीं हुआ था!...उस दिन यदि कुछ हुआ था तो यह कि मैं अपनी रूम-मेट से बातें करने में मशरूफ़ भीड़ भरे मार्केट के बीच रास्ते में खड़ी यह भूल गयी थी कि हमारे वहाँ खड़े होने से किसी को निकलने में परेशानी हो सकती है!...वह उस मार्केट की गली थी, जिसमें हर तरह का सामान बिकता है, इसलिए वहाँ बहुत भीड़भाड़ थी...पर हम उस भीड़ भरी गली में बेफिक्र खड़ी बातें करने में लगी थीं...उस समय मेरे कानों में मेरे पीछे से आयी आवाज़ बेशक पड़ी थी, 'बहनजी, ज़रा निकलने देंगी;' पर मैंने बातों में मशगूल होने के कारण उस तरफ़ ध्यान नहीं दिया...तो मेरे दायें कन्धे के ऊपर..." कहते हुए अमाइरा ने अपने बायें हाथ की उँगली से अपने दायें कन्धे की वह जगह बताते हुए कहा, "यहाँ किसी ने उँगली से छुआ और कहा, 'बहनजी, ज़रा निकलने देंगी'... तब मैंने पीछे मुड़कर देखा तो..." कहते हुए अमाइरा ने कठघरे में खड़े आदमी की ओर हाथ से इशारा कर बताया था, "ये मेरे पीछे खड़े भीड़ में आगे निकलने की जगह देने के लिए मुझसे कह रहे थे, 'बहनजी, ज़रा निकलने देंगी'..."

सुनकर इस बार मजिस्ट्रेट ने ख़ुद ही उससे पूछा, "पर यदि इतनी-सी बात थी तो तुमने थाने में जाकर कंप्लेंट क्यों दर्ज करायी?"

"वह तो मेरी रूम-मेट अनुकृति ने बखेड़ा खड़ाकर दिया था सर...उसने मेरे कन्धे पर इनको उँगली छुआते हुए देख लिया था, तो उसे पता नहीं क्या हो गया कि उसने इनके द्वारा 'बहनजी, ज़रा निकलने देंगी' कहे पर भी ध्यान नहीं दिया और चिल्लाना शुरू कर दिया, 'देखो-देखो...इस आदमी ने छेड़खानी की है...छेड़खानी की है...' और उसी ने फ़ोन कर पुलिस को बुला लिया था और इन्हें पकड़वा दिया था...मैं उस समय अपनी रूम-मेट की आधुनिकता और स्मार्टनेस लग रही कार्रवाई के इंफ्लूएंस में आ गयी थी; क्योंकि मैं खुद को अनाधुनिक और पिछड़ी सोच वाली नहीं दिखाना चाहती थी; इसलिए उस झूठी आधुनिकता के प्रभाव में अपनी रूम-मेट के साथ थाने में जाकर कंप्लेंट दर्ज करा आयी थी...पर सर, उसके बाद, कई दिनों तक मैं ठीक-से सो नहीं सकी थी...मेरे सामने हर वक़्त इनका बेकसूर चेहरा होता था..." कहते हुए अमाइरा की आँखों में एक बार फिर आँसू छलक आये।

उसने अपनी आँसू भरी आँखों से कठघरे में खड़े आदमी तरफ़ एक बार फिर देखा; और मजिस्ट्रेट से कहा, "सर, मैं इन्हें नहीं जानती कि ये कौन हैं, पर मैं

इतना जानती हूँ कि इन्होंने मेरे साथ कुछ भी ग़लत नहीं किया था...बस, मेरे कन्धे पर एक उँगली से छुआ भर था...सर, ये तो मेरे पिता-जैसे हैं...क्या कोई भी पिता अपनी बेटी के शरीर को कभी छूता नहीं है?..." कहकर वह मजिस्ट्रेट के मुँह की ओर देखने लगी थी।

मजिस्ट्रेट ने कुछ पलों तक चुप रहने के बाद, कठघरे में खड़े आदमी की तरफ़ देखा और उससे कहा, "बाहर निकल आओ!"

यह सुनकर कठघरे में खड़ा आदमी कुछ देर तक वहीं ठिठका रहा; फिर कठघरे से निकलकर उसी के पास खड़ा हो गया।

उसके बाद मजिस्ट्रेट ने अमाइरा की ओर देखा और उससे कहा, "अब तुम भी विटनेस-बॉक्स से बाहर आ सकती हो। तुम्हारा कथन पूरा हो चुका है...और यह प्रकरण भी!"

सुनकर अमाइरा विटनेस-बॉक्स से बाहर निकल आयी; उसके बाद वह सीधे कठघरे के पास खड़े आदमी के पास पहुँची और उससे बोली, "अंकल, मुझे माफ़ कर दीजिए...मेरे कारण आपको इतनी तकलीफ उठानी पड़ी।" कहते-कहते उसकी आँखें फिर डबडबा आयीं।

यह सुन और देखकर वह आदमी अपनी जगह पर खड़ा समझ नहीं पा रहा था कि वह क्या कहे या क्या करे! कुछ पलों तक वह उसी असमंजस में रहा; उसके बाद उसने हाथ बढ़ाकर अमाइरा का हाथ अपने दोनों हाथों में ले लिया और उसके मुँह की ओर देखते हुए बोला, "बेटी, तुम कितनी..." आगे के शब्द उसके रुँधे गले में अटके रह गये। उसके हाथ काँप रहे थे।

अमाइरा ने उसे तसल्ली देने के लिए अपना दूसरा हाथ उसके काँपते हाथों पर रख दिया।...

इज़लास में बैठे मजिस्ट्रेट ने यह सब होते हुए देखा। उनके लिए यह विरल दृश्य था। उन्हें अमाइरा की डबडबायी आँखों वाले चेहरे को देखकर लग रहा था कि उस पर एक विरली आभा दीप्त है! वे समझ पा रहे थे वह और कुछ नहीं, मनुष्यता की आभा है!...

•

मेज़बान ने कहानी पढ़कर पूरी की; उसके बाद गहरी नज़रों से मेहमान की तरफ़ देखा। मेहमान मेज़बान की ओर ही देख रहा था। थोड़ी देर तक दोनों एक-दूसरे की ओर देखते रहे।

उसके बाद मेज़बान ने फिर डायरी उठायी; और मेहमान से कहा, "अब मैं तुम्हें इस डायरी में लिखी दो-तीन बातें और पढ़कर सुनाऊँगा; उसके बाद आगे की बात करेंगे।"

"ठीक है!" मेहमान ने कहा।

मेज़बान ने डायरी के पन्ने पलटे; और वह एक पन्ने पर लिखे को पढ़ने लगा :

> अपने! पराये!
>
> ये दोनों ही शब्द अजब पहेली हैं मेरे लिए! 'अपने' शब्द कभी-कभी अपना अर्थ खो देता है; और कभी-कभी तो अपना अर्थ उलट ही देता है! ठीक यही बात 'पराये' शब्द के साथ है!

पढ़ने के बाद उसने डायरी के कुछ पन्ने पलटे; और वह एक पन्ने पर पहुँचकर पढ़ने लगा :

> इस संसार में हर एक व्यक्ति का जीवन घटनाओं से भरा होता है– अच्छी-बुरी, सुखभरी दुःखभरी सब घटनाएँ मिलकर ही व्यक्ति के जीवन का खाका बनाती हैं! मनुष्य के जीवन को यदि एक छलनी माना जाये, तो उस जीवन की तमाम घटनाएँ उस छलनी के बहुतेरे छेद माननी होंगी! तो होता यह है कि इन्सान, जीवन की छलनी में घटनाओं के छेदों के द्वारा छाना जाता रहता है। इस अनवरत चलने वाली निर्मम प्रक्रिया में इन्सान का जो कुछ छेदों से होकर नीचे निकल जाता है वह 'कूड़ा- कचरा' होता है; और जो छलनी के छेदों से छनने से बचा रह जाता है, वह मनुष्य होता है।

पढ़ने के बाद उसने डायरी के कुछ और पन्ने पलटे; उसके बाद वह सामने के पन्ने पर लिखे को पढ़ने लगा :

> मैंने उसे माफ़ कर दिया है! इसका अर्थ यह कतई नहीं है कि मैं उसके किये से सहमत हो गया हूँ। बिल्कुल नहीं हुआ हूँ! फिर भी मैंने उसे माफ़ कर दिया है! इसलिए माफ़ कर दिया है कि मैं एक पिता हूँ; और संसार का कोई भी पिता अपनी औलाद का हितचिन्तक ही होता है; इसलिए अपनी सन्तान की किसी कुचाल को गाँठ बाँध कर नहीं बैठता!

यह पढ़कर उसने डायरी को बन्द कर खटल्ले के सिरहाने की ओर रख दिया और मेहमान की तरफ़ देखा। उस वक़्त उसके चेहरे पर कुछ ऐसा भाव था, जैसे वह किसी गहरी तकलीफ़ के अहसास से गुज़र रहा हो! मेहमान बिना कुछ कहे उसकी ओर देखता रहा। कुछ मिनटों तक दोनों के बीच सन्नाटा ही रहा। दोनों एक-दूसरे

को सिर्फ़ देखते हुए बैठे रहे। अलबत्ता दोनों को लग रहा था कि सन्नाटा ही उनके बीच का संवाद है! कभी-कभी ऐसा होता है, जब चुप्पी से बेहतर भाषा कोई भी नहीं बचती है! तो उस वक़्त उन दोनों ने कई मिनट चुप्पी के संवाद में गुज़ार दिये।

थोड़ी देर में चुप्पी की सकत चुक गयी, तो मेहमान ने मुँह खोला, "तुम्हारे पिता का डायरी में लिखा तो मैंने सुन और समझ लिया...अब वह बताओ कि वहाँ अपने घर में जब तुम पहुँचे थे तब वहाँ रखी पिता की कुर्सी में तुमने ऐसा क्या देखा था कि जैसा कि तुमने कहा था कि उसे देखकर तुम एकबारगी भीतर तक हिल गये थे और तुम्हारी रुलाई का बुक्का फूट पड़ा था...?"

सुनकर मेज़बान कुछ पलों तक सूनी आँखों से मेहमान की तरफ़ देखता रहा; फिर उसने बुझी हुई आवाज़ में कहा, "उस कुर्सी पर मैंने अपने पिता को देखा था!...जिस कुर्सी पर वे बैठते थे उसी पर बैठे हुए!...लेकिन उस वक़्त वे आँख-नाक-कान-खाल-माँस वाले पिता न थे; सिर्फ़ हड्डियोंवाले पिता थे...कुर्सी पर अपनी बची हुई काया के साथ कुर्ता-पाजामा, घड़ी और चप्पलें अटकाये मेरे पिता का कंकाल बैठा हुआ थाsss!" कहते हुए वह बुक्का फाड़कर रोने लगा...

उस स्थिति में मेहमान उसे सिर्फ़ देखता रहा।...वह मेज़बान को पश्चात्ताप, खेद, अपराध-बोध और बेबसी से बनी डकराहट के साथ रोता देखता रहा। वह कुछ कर भी नहीं सकता था; क्योंकि वह और उसका मेज़बान अलग-अलग नहीं थे–दोनों एक ही थे!...

दरअसल, उस रात वह (मेज़बान) अपने-आप (मेहमान) से ही रू-ब-रू हुआ था...वह, जो किसी अपने की उपस्थिति से महरूम जर्जर और अशक्त देह के साथ नितान्त अकेला बिस्तर पर अपने बीते वक़्त का लेखा-जोखा करते हुए अपनी आख़िरी साँसें बटोर रहा था!...

❑❑